KB254072

글쓰기는 행복입니다

______________ 님께

______________ 드림

나이롱 글쓰기

※ 큰 글자 편집 안내

이 책은 **노안 연령을 위한** 서체, 크기, 행간을 연구한 논문들을 참고하여 **큰 글자 편집**으로 정성을 다해 만들었습니다.

논문에 따르면 어르신 독자들은 **명조체보다 선명한 고딕체**를 선호하며, 행간이 너무 넓지 않을 때 읽기 편하게 느끼신다고 합니다.

모든 페이지를 **돋보기 없이도 편하게** 읽으며 글쓰기를 연습하실 수 있습니다.

나이 롱 글쓰기와 함께 건강하게 오래 오래 쓰세요!

나이 롱 글쓰기

글 쓰는 노년의 시간은 거꾸로 흐른다

명로진 지음

글 쓰며 나이든다는 것

여자들은 남자들의 집에 살기는 한다. 그러나 그들은 남자가 찢어지게 가난할 때가 아니라 아주 풍족할 때만 그의 동반자로 지낼 뿐이다. 남자는 마치 일벌처럼 하루 종일 뼈 빠지게 일하지만, 여자들은 오목한 벌집에 편히 앉아서 받아먹기만 한다. 남자들은 죽을 때까지 힘들게 일한다. 그러나 결혼하지 않는다고 편한 것은 아니다. 독신 노인은 비참한 노년을 맞는다. 아무도 자신을 돌보아

줄 사람이 없기 때문이다. 살아생전에는 그
럭저럭 생계를 유지하지만, 죽으면 그의 재
산을 먼 친척들이 나누어 가질 것이다.
– 헤시오도스 『신들의 계보』

우리는 누구나 행복한 노후를 꿈꿉니다. 앞에 예로
든 문장은 여성을 혐오했던 고대 그리스 시인 헤시
오도스(B.C. 740~670)가 그린 노년의 모습입니다.
결혼해도 불행하고 결혼하지 않아도 불행한 노년
을 맞이하게 된다는 비관적인 견해입니다. 어느 누
가 이런 삶을 원하겠습니까?

사랑하는 가족과 함께하고, 뜻이 맞는 친구들과
여가를 즐기며, 여전히 사회 활동을 하면서 사람들
에게 존경 받는 삶. 육체도 정신도 **건강하고** 경제
적으로도 **여유 있는** 노후. 이것이 많은 사람들이
꿈꾸는 시니어의 모습일 것입니다.

그런데 노년이라 하면 **도대체 몇 살부터 노년이**

며 노인입니까? 우리나라의 공식적인 노인 우대는 만 65세부터 시작합니다. 대한노인회는 최근, 현행 65세인 노인 연령을 조정하기로 했습니다. 더 올리자는 것이지요.

세월이 지날수록 더 그렇겠지만 65세 무렵에도 활발히 활동하는 분들이 많습니다. 겉으로 봐서는 전혀 노인처럼 보이지 않고 건강하고 당당하며 동안을 자랑하는 60대, 70대가 헤아릴 수 없을 정도입니다.

예전에 '인생은 60부터'라는 말은 노인층이 스스로를 위로하는 말처럼 들렸습니다. 그러나 평균 수명이 늘어난 이제는 정말 인생은 60세부터입니다. 유엔인구기금(UNFPA)에 의하면 우리나라의 평균 수명은 80.7세(2012년 기준)입니다. 수명은 점점 늘어 백세 시대를 바라보고 있습니다. **예순 살 이후로도 30~40년을 살아야** 한다는 말입니다.

60세 이전까지는 가정과 사회를 위해 열심히 일했다면, 그 이후의 나이는 자기를 찾고 제2의 인생을 즐기는 시기입니다. 복지가 발달된 서구 유럽에서는 이미 오래 전부터 연금으로 여유 있는 문화생활을 누리는 노년층이 대두했습니다. 누구의 눈치도 볼 필요 없는 나이, 더 이상 남을 위해서 일하지 않아도 되는 나이, **타인이 아닌 나를 위해 살아야 하는 나이.** 이것이 노년입니다. 얼마나 좋습니까?

플라톤의 『국가』에 이런 이야기가 실려 있습니다.

누군가 시인 소포클레스에게 물었습니다. 아직도 여자와 사랑을 나누느냐고. 소포클레스가 답했지요. "그런 말 말게. **애욕의 구렁텅이**에서 빠져 나온 지 오래 되었네. 마치 격렬하고 광폭한 **폭군의 손아귀**에서 벗어난 것 같다네. 난 지금 더할 나위 없이 기쁘다네."

그의 말이 맞습니다. 나이가 들면 이성에게 끌리는 격렬한 감정이 사라지니 마음은 한결 평화롭지요. 욕망이 더 이상 힘을 발휘하지 못하고 우릴 놔주면 소포클레스가 말한 대로 수많은 광란의 폭군들이 떠나는 것 같은 느낌이 듭니다.

나이가 많아서 불행해지거나 존중받지 못하는 것은 아닙니다. 성격이 나빠서 그런 것뿐이지요. 사려 깊고 절제할 줄 안다면 늙어가는 것도 그런대로 견딜 만하지요. 생각이 짧고 방종한 사람에게는 젊음도 짐일 뿐입니다.

플라톤은 케팔로스라는 노인의 입을 빌려, **나이 드는 것의 좋은 점**을 이야기합니다. 욕망으로부터 자유로워지는 것, 집착에서 벗어나는 것, 애욕의 구렁텅이에서 빠져나오는 것. 이게 노년의 장점이라는 겁니다. 세상에 욕망을 이기는 사람은 드물지만, 시간을 이기는 욕망 또한 없습니다.

지금 우리가 그 무엇을 죽도록 열망한다 해도, **시간이 지나면 우리의 바람은 연기처럼 사라집니다.** 지금 누군가를 미치도록 사랑한다 해도, 시간이 지나면 사랑은 봄눈처럼 녹아버립니다. 지금 뭔가를 이루지 않고는 견딜 수 없을 것 같아도, 시간이 지나면 목표가 무엇인지도 기억나지 않게 됩니다.

우리의 욕망이란 것이 그렇게 부질없는 것입니다. 욕망은 마음에서 비롯되는 것인데 마음은 하루에도 8만4천 번 변하기 때문입니다. 아마, 이 글을 읽고 계신 독자 여러분은 많은 부분 동의하시리라 봅니다.

노년이란 그동안 사로잡혔던 미망에서 벗어나 상처를 어루만지는 시기입니다. 열린 시각과 여유로 나를 돌아보는 시간입니다. 집착보다는 관조로 훨씬 더 **풍요로운 인생을 가꿀 수 있는 기회**입니다. 호기심을 잃지 않고, 어린아이 같은 마음으로 더불어 살아가면 되지 않겠습니까? 플라톤이 말했 듯이 **생각이 짧고 방종한 사람에게는 젊음도 짐** 이지만, **너그럽고 관대한 사람에게는 노년이 축 복**입니다.

어떤 사람은 노년을 맞이해 새로운 일을 시작합니 다. 어떤 이는 재테크를 더 열심히 합니다. 또 누군 가는 목공이나 댄스처럼 취미 생활에 몰두합니다. 저는 **글쓰기야말로 노년을 정리하고 가꾸어나 가는 데 가장 좋은 수단**이라고 감히 말씀드리고 싶습니다.

이 책은 다음과 같은 분들이 읽으시길 바라면서 썼 습니다.

1. 글쓰기의 즐거움을 통해 노년을 **흥미**로 채우고 싶은 분
2. 자신의 삶을 추억하고 **정리**하고 싶은 분
3. 인생의 상처를 **치유**하고 싶은 분

책을 쓰면서 몇 해 전, 만 71세로 돌아가신 아버님 생각에 몇 번이고 글을 멈춰야 했습니다. 지금도 그립습니다. 이 그리움의 힘으로 한 자 한 자 썼습니다. 아무쪼록 독자 여러분이 읽으시면서 즐거우시길 바랍니다.

명로진 드림

순서대로 보세요

가능하면 순서대로 읽어주세요. 더 쉽고 재미있게
글쓰기를 배우실 수 있습니다.

바로 글을 쓰세요

모든 글마다 글쓰기 연습이 있습니다. 다음 글을
읽기 전에 가벼운 마음으로 글을 써보세요.

다시 읽고, 다시 쓰세요

완독 후 자유롭게 다시 읽으세요. 새 노트에 다양한 글을 써보면서 『나이 롱~ 글쓰기』를 즐기세요.

쓰신 글을 공유하세요

쓰신 글들을 좀 더 다듬어 완성하신 후 가족이나 주변 친구들이 읽을 수 있게 보여주세요.

차례

2부 오직 하나만

3부 **만약 나에게**

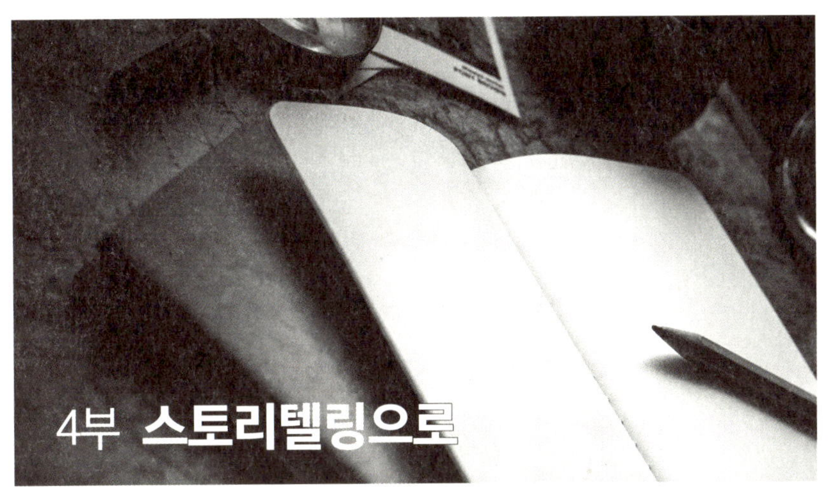
4부 스토리텔링으로

1부

무슨 재미로

무슨 재미로
사십니까?

아무런 방해도 없이 소설 스토리 구상에 몰두해 있는 그 순간이 행복하고 즐거웠다. 하지만 더 큰 기쁨을 주는 것은 **상상의 나래를 펼치며 몽상의 구름 위에 올라타고서 떠오르는 생각들을 구체적으로 묘사해가는 것**이었다. 그리하여 상상의 장면들이 내 손에서 생생하게 글로 되살아나는 현상을 체험하며 희열을 느꼈다. 그런데 내가 꿈꿨던 내용들은 내 글보다 더욱 환상적이고 더욱 매혹적이었다. …… 그 글들은 오직 나를 위한 것이었다. 어느 누구에게도 설명하고 동의를 구할 필요가 없으며, 기분이 울적할 때 갈 수 있는 혼자만의 피난처이자 한가롭게 시간을 보낼 수 있는 최대의 즐거움이기도 했다.
– 메리 셸리(1797~1851), 『글쓰기의 기쁨』

그 유명한 『프랑켄슈타인』의 작가, 메리 셸리의 이 글을 여러분은 잘 이해할 수 있을 겁니다. 작가의 고백은 다만 글에 대한 것이 아닙니다. 삶도 마찬가지입니다. '어느 누구에게 설명하고 동의를 구할 필요가 없는 삶. **오직 나만을 위한 삶.**' 이것은 아마도 노년의 특권 중의 하나일 것이라고 생각합니다. 아니라고요? 여전히 누군가에게 동의를 구해야 하고, 여전히 누군가를 위해 애쓰는 삶이라고요?

다시 말씀드리지만 **저는 이 책을 노년 독자 여러분을 대상으로 준비했습니다.** 힘이 넘치는 젊은이들이 아니라 주로 60~70대를 생각하고 썼습니다. 서정주 시인의 시 「국화 옆에서」에 나오는 구절, '머언 먼 젊음의 뒤안길에서 이제는 돌아와 거울 앞에 선' 세대지요. 조심스럽기도 하고 두렵기도 합니다. 혹여 독자 여러분의 심기를 불편하게 해 드리지 않을까 싶어서요.

저는 50대입니다만, 서른다섯 쯤 된 친구가 제 앞에서 "이제는 나이가 들어서 몸이 예전 같지 않아요"라고 하면 씁쓸하거든요. 실제로 얼마 전에 있었던 일입니다만, 명색이 글을 쓴다는 저의 제자 한 사람이 제게 이렇게 묻더군요.

"선생님, '오십'이 되면 도대체 무슨 재미로 삽니까?"

네, 그의 연세(!)는 마흔셋이었습니다. '너도

곧 오십된다’고 혼을 내려다가 “응, 책 읽고 글
쓰는 재미로 살지”라고 위선을 떨었습니다. 아
마도 이런 식의 편견이 노년층을 바라보는 대
체적인 시각이 아닌가 싶습니다.

소설 『은교』에 이런 말이 나옵니다.

“젊음이 노력으로 받은 상이 아니듯, 늙음
도 잘못으로 받은 벌이 아니다.”

서문에서 저는 플라톤을 인용하면서, 노년
이 되면 절제하고 욕망도 줄어든다……고 했
지만 이 또한 편견입니다. 나이가 든다는 것은
육체적으로 노화가 진행된다는 것. 맞습니다.
그러나 정신적으로 감성적으로 노화하는 것은
아닐 듯합니다. **여전히 열정적**이고 **여전히
민감**하고 **여전히 예민**합니다. 욕망에 있어서
도 젊은 시절 못지않습니다.

‘여자는 죽어 화장하여 인골이 날릴 때까지
사랑받고 싶어 하는 존재’라는 말이 있습니다.
심상대의 소설 중의 한 구절입니다. 여자뿐이

겠습니까. 남자도 마찬가지일 겁니다. 우리는 죽어 화장하여 인골이 날릴 때까지 사랑하고, 사랑받고 싶어 하고, 인정받고 싶어 하고, 멋지게 살고 싶은 존재입니다. 욕망을 버리면 해탈이지만, 해탈은 죽음의 또 다른 이름 아닐까요?

글쓰기 연습

나는 이런 재미로 산다

취미, 여가 생활 등에 대해 짧게 써보세요.
다른 노트 찾느라 애쓰지 마시고 옆 쪽에
가벼운 마음으로 펜을 들어 적어나가세요.

최고의 쾌락, 글쓰기

노년이 되어 일에서 해방되면 취미와 여가생활을 더 많이 즐기게 되지만 역시 **체력적인 한계**는 있습니다. 20대, 30대처럼 밤새워 술을 마실 수도 없고 하루 종일 춤을 출 수도 없습니다. 등산 코스는 짧아지고 격렬히 몸을 쓰는 구기 종목도 하기 힘들어집니다.

노년에도 청장년 못지않게 체력을 유지하는 분들이 있습니다만, 젊은이들과 똑같이 하기는 어렵지요. 여러 가지 상황을 고려해볼 때 저는 글쓰기가 노년이 되어 가질 수 있는 최고의 취미라고 생각합니다. **글쓰기는 우리의 뇌를 자극하는 본질적인 쾌락의 행위**이기 때문입니다.

중국 동진(東晉) 시대 명시인 도연명(365~427)이 쓴 『도화원기』라는 작품이 있습니다. 후난성(湖南省) 무릉군에 사는 한 어부가 강물 위에 떨어진 복숭아꽃을 따라 상류로 갑니다. 계곡은 깊고 숲이 울창한데 복숭아나무가 가득하고 향긋한 냄새가 진동합니다. 더 깊은 곳으로 올라가니 동굴이 나옵니다. 그 동굴 안으로 들어가 한참을 가니 갑자기 넓은 대지가 나오고 평화로운 마을이 나타납니다. 한가롭고 잘 정돈되어 있는 깨끗한 마을인데 남녀노소 모두 여유 있고 평온한 모습입니다. 이곳 사람들은 어부를 보고 깜짝 놀라 어디서 왔느냐고 묻습니다. 어부가 자기 이야기를 하자 마을 사람들은 집으로 초대해 맛있는 음식을 대접하고 바깥세상 소식을 묻습니다.

"우리는 진시황의 학정을 피해 이곳으로 들어왔소. 지금 밖은 어떤 세상이오?"

어부가 진나라는 망하고 한나라도 망했으며 위진(魏晉)의 시대라고 이야기하자 이들은 깜짝 놀랍니다. 무려 500년 동안 이 사람들은 세상의 변천을 잊고 평화롭게 살고 있었던 거지요. 그 곳은 왕도 없고 조세도 없었습니다. 동서고금을 막론하고 권력과 세금이 가장 무서운가봅니다. 어부는 며칠 동안 이 마을에서 천국 같은 나날을 보내고 자기 집으로 돌아옵니다. 얼마 뒤에 다시 이곳을 찾으려 했으나 찾을 수 없었다는 이야기입니다.

무릉도원은 세상의 시간을 잊은 이상향입니다. 시간이 빨리 흐르는 곳. 그곳이 파라다이스입니다. 우리가 **좋아하는 일, 재미있어하는 일**을 하면 시간은 빨리 흐릅니다. 군대에서 보초를 설 때는 시간이 느리게 가지요. 단순한 일을 반복할 때, 머리를 쓰지 않는 일을 계속 해야 할 때는 권태롭습니다.

그림을 그리거나 목공 일을 하거나 뭔가를 만들 때는 시간이 금방 지납니다. 왜 그렇겠습니까? 뭔가를 창조하고 있기 때문입니다. 글쓰기는 하얀 백지 위에 내가 아는 언어를 재료로 삼아 세상에 없던 무언가를 창조해 내는 행위입니다.

가로 세로 열아홉 점씩 361개의 공간에 흑과 백의 조합으로 구성되는 바둑의 수는 무궁무진하지요. **글쓰기에서 나올 수 있는 경우의 수는 바둑의 경우의 수보다 더 많습니다.** 무한대의 재료 중에 하나를 골라 무에서 유를 만드는 일입니다. 이러니 어떻게 우리의 뇌가 한가할 수 있으며 지루할 수 있겠습니까?

창작은 괴롭기보다는 **재미있는 행위**입니다. 잘 써야 한다는 생각은 버리십시오. 문법에 맞나 틀리나 신경 쓰지 마십시오. 남이 뭐라 하면 어쩌나 괘념치 마십시오. 그런 건 젊은 애들이나 하는 고민입니다. 그저 쓰는 것 자체를 즐기시길 바랍니다. 그게 먼저입니다.

글쓰기 연습

글쓰기가 즐거운 이유

단, 형식이나 내용 모두 파격적으로 쓰세요.

나는 누구인가?

연방 상원의원에 처음 출마했을 때, 나는 이번에 안 되면 미련 없이 때려치우겠다고 아내에게 말했다. 아내는 "가족을 위해서 조용히 살고 싶다. 내가 당신을 찍을 거라고는 기대하지 마라."고 말했다. 후보들은 모두 쟁쟁했다. 현직 감사원장, 수억 달러의 재산을 가진 사업가, 시장 비서실장, 여성 보건 전문가 등. 나는 조그만 사무실을 빌렸고 급여를 많이 줄 수 없기 때문에 20대, 30대의 젊은이 네 명만 고용했다.

그때부터 나는 우리 당에 헌금을 많

이 하는 사람들에게 하루에 네댓 시간씩 전화해서 답을 기다렸다. 기자회견을 했지만 회견장에 아무도 나타나지 않았다. 해마다 열리는 성 패트릭의 날 행사에 참가했지만, 행렬의 맨 끝에 배치되어 우리 뒤 청소차와 거의 함께 걸었다.

혼자 승용차를 몰고 다니며 처음에는 시카고의 이곳저곳을, 다음에는 구와 소도시를, 마지막에는 일리노이 주를 종단했다. 사람들에게 교회, 노조 사무실, 로터리 클럽 등을 방문할 수 있도록 주선해 달라고 청했다. 어떤 때는 몇 시간씩 차를 몰고 가 보면 두세 명이 식탁에 앉아 나를 기다리기도 했다. 그런 경우에도 주인에게 이만하면 충분하다고 안심시키며 다과를 준비해줘서 고맙다는 인사도 빠뜨리지 않았다.

자, 이런 식으로 선거 운동을 한 사람이 과연 당선될 수 있었을까요? 당선됐습니다. **그는 바로** 제44대 미국 대통령 **버락 오바마**입니다. 그는 만 48세라는 젊은 나이에 미합중국 대통령이 됐지만 좌절도 많았습니다.

오바마가 일리노이 주 의회 의원에서 한 단계 상승해서 상원의원에 도전할 마음을 품고 있었던 2001년에, 9.11 테러가 터집니다. 그를 지지하던 정치 컨설턴트는 "당신은 이제 정치를 그만두는 게 좋겠다"고 진지하게 권유합니다. 그 이유는 9.11 테러의 배후가 오사마 빈 라덴이기 때문이라는 겁니다. 오바마 대통령의 풀 네임은 '버락 후세인 오바마'입니다.

정치 컨설턴트는 "당신이 이름을 바꾸지 않는 한 유권자들은 아랍계라고 의심할 것"이라고 설득하기까지 합니다. 9.11 테러 때문에 이슬람 또는 아랍계에 대한 혐오가 극에 치달았던 때, 온전한 이성이 사라지긴 했지만 터무니 없는 이유 때문에 오바마 대통령은 정치의 꿈을 접을 뻔 했습니다.

위에서 소개한 글과 이야기는 그의 자서전 『담대한 희망』에 실려 있습니다. 이 책을 쓸 때 그는 민주당 대통령 선거 후보였습니다. 그는 대통령이 되어 정치인으로서 이룰 수 있는 최고의 자리에 올랐습니다만, 자서전 자체도 참 재미있게 썼습니다.

대체로 위대한 정치가는 위대한 연설가이자 작가입니다. 『담대한 희망』은 미국인들에게 많은 지지를 받으며 30주 연속 뉴욕타임스 베스트셀러에 올랐고, 책 제목을 선거구호로 삼아 대선에서 승리하기도 했습니다.

그럼, **자서전은 이렇게 대단한 사람만 쓰는 것일까요?** 그렇지 않습니다. 나중에 자세히 설명해 드리겠지만 자서전은 누구나 쓸 수 있습니다. 자서전은 '자신의 일생을 소재로 스스로 쓴 전기(傳記)'입니다. 위인이나 영웅만 쓸 수 있는 것이 아닙니다.
　자서전을 쓰기 위해서 먼저 '내가 누구인지'
를 알아야 합니다. 일단 '나는 누구인가?'라는
제목으로 한 페이지 분량의 글을 써보십시오.

글쓰기 연습

나는 누구인가?

글 쓰실 공간은 넉넉하게 드리겠습니다.
일단 써보시고, 다음 페이지에도 써보세요.

참신하게 시작하기

앞에서 '나'에 대한 글 분량을 다 채우셨습니까? 한 쪽으론 모자라지요? 남습니까? 아마 한 페이지로는 '나는 누구인가?'에 대해서 설명하기가 어려울 겁니다.

어떤 분은 이렇게 시작할지도 모릅니다. "나는 경주 최씨 충렬공파 35대 손으로……." 한 마디로 이건 썩 좋지 않은 시작입니다. 이 말은 영화 <범죄와의 전쟁>(2012) 주인공 최익현(최민식 분)이 입에 달고 사는 대사입니다.

물론 사람은 뿌리가 중요합니다. 어디 출신이며 어떤 성씨의 몇 대손인가도 중요합니다. 그런데 그건 최익현처럼 로비의 귀재 혹은 그

걸 내세워 영업을 해야 할 필요가 있는 사람에게만 중요한 요소입니다.

글쓰기의 시작은 어떻게 해야 할까요? **첫 문장은 어떻게 써야 할까요?**

미국의 작가이자 언론인인 윌리엄 진서(William Zinsser)는 예일대, 컬럼비아 대학 등에서 글쓰기를 가르친 사람입니다. 이 사람이 쓴 『글쓰기 생각쓰기』란 책은 미국에서 기자가 되려는 사람들의 필독서로 30년 동안 스테디셀러였습니다. 윌리엄 진서는 이 책에서 다음과 같이 말합니다.

글의 첫 부분부터 독자를 단박에 사로잡아 계속 읽지 않고는 못 배기게 만들어라. **시작은 참신해야 한다.** 진기한 이야기를 하거나 독설, 유머, 깜짝 놀랄 소식 또는 듣도 보도 못한 제안, 흥미로운 사실을 툭 던지듯 써라. 아니면 질문을 던져라. 이런 것들로 **독자를 구워삶아야** 한다.

보십시오. 글을 시작하는 데도 다 규칙이 있습니다. **일단 참신해야 합니다.** "나는 경주 최씨 충렬공파 35대 손이다"라는 시작은 굉장히 구립니다. '구리다'라는 표현의 사전적 의미는 '똥이나 방귀 냄새와 같다. 하는 짓이 더럽고 지저분하다. 행동이 떳떳하지 못하고 의심스럽다'입니다.

신세대들은 구리다는 말을 '뭔가 오래되어 부패된 냄새가 날 정도로 고루하다' 정도의 뜻으로 씁니다. 젊은이들 입에서 "구려." 한 마디가 나오면 게임은 끝납니다. 우리, 구린 사람이 되지 맙시다.

자, 그럼 다시 시작해봅시다. 우선 나를 이루고 있는 많은 것들을 생각해봅시다. **나이, 출신, 재산, 지위······. 이런 건 생각하지 마**

세요. 구려요. 그것 말고 나를 구성하는 요소 중에 참신한 것, 유머러스한 것, 깜짝 놀랄 만한 것, 아이러니한 것, 흥미로운 부분. 이런 걸 생각해 보세요.

　앞에 썼던 원고는 잊고 다시 써 보겠습니다. 특히 첫 문장에 신경을 쓰시기 바랍니다.

글쓰기 연습

나는 누구인가?

앞 글은 잊고, 다시 참신하게 쓰셔야 합니다.

자기 까발리기

앞서 '나는 누구인가?'에 대해 **어떻게 쓰셨습니까?** 이력서를 쓰지는 않으셨겠지요? 태어나서 지금까지 있었던 일을 나열하지는 않았습니까? 나는 이런 것도 이루었고 저런 것도 해냈다……는 식의 '업적' 위주의 글은 아닌가요? 혹 잘난 척하지는 않으셨습니까? 뭔가를 내세우거나 자랑하는 등 **자화자찬이 되지는 않았나요?**

농경 사회에서는 나이 듦 자체가 벼슬이었습니다. 노년이 존경받았습니다. 농경 사회적 지식은 경험의 축적에서 얻을 수 있는 것이므로 마을에 문제가 생기면 동네 어르신에게 조

언을 구했습니다. 지금은 산업 사회를 지나 지식 정보 사회입니다. 나이도, 지위도, 재산도 내세울 수 없는 세상이 됐습니다. 그것이 테크놀로지이든, 이데올로기이든, 데이터이든 새로운 것을 흡수해서 **자신만의 고유한 지식으로 만드는 사람이 우대 받는 사회**입니다. 참살기 힘들게 되었지만 역으로 우리를 끝없이 공부하게 만듭니다. 일일신우일신(日日新又日新)해야 하니까요.

좋은 글을 쓰기 위해서는 먼저 나 자신을 잘 알아야 합니다. 한 두 번의 '자기 해체'로는 좋은 글이 나오지 않습니다. 여러 번 나를 분석하고, 해부하고, 관찰해야 합니다. 왜냐? 글쓰기란 **자기에게 솔직해지는 것**에서 출발하기 때문입니다. 세상 사람들의 판단이나 인정 따위는 중요하지 않습니다.

사람들은 나를 훌륭한 선생으로 알고 있지만 나는 사실 동성애자일지도 모릅니다. 사람들은 나를 부자인줄 알지만 나는 사실 스크루지 같은 구두쇠일지도 모릅니다. 사람들은 내가 지난 40년 동안 가정을 잘 이끌어 왔다고 생각할지 모르지만 부인이나 자식들은 그저 돈 벌어오는 기계쯤으로 인식할지 모릅니다. 사람들은 내가 지난 세월동안 부인에게 충실하면서 잉꼬부부로 살아온 줄 알지만 사실 나는 두 번이나 바람을 피웠을지도 모릅니다. 사람들은 나를 성실한 정년 퇴직자인 줄 알지만 사실은 회사 일보다는 취미에 더 골몰했을지도 모릅니다. 사람들은 나를 정숙한 주부라고 보지만 실은 늘 이혼과 일탈을 꿈꿔온 자유인일지도 모릅니다.

전자는 잊고 후자에 대해 쓰십시오. **자랑은 접어두고 부끄러운 일에 대해 쓰십시오.** 잘난 척은 그만하고 셀프 디스*하십시오.

––––––––––

* 셀프 디스(Self dis)란, Self disrespect의 준말로, 스스로를 비하해서 개그의 소재로 삼는 것을 말합니다.

업적을 내세우지 말고 못다 한 꿈을 아쉬워하십시오. **남들이 다 아는 것 또 쓰지 말고** 당신만 아는 비밀을 밝히십시오. **'이거 쓰면 난 끝인데…….'** 하는 이야기를 내놓아 주세요. 집을 걸고, 가정을 걸고, 인생을 걸고 써 주세요. 그래야 읽힙니다. 그래야 주목받습니다. 그렇지 않은, 모든 고만고만하고 평범하고 수수한 것들은 잊으시길.

글쓰기 연습

"사실 나는 ……다."
로 시작하는 글을 쓰시오

가까운 사람들조차 알지 못하는 비밀을 쓸 것.

하지 말아야 할 3가지

이런 유머가 있습니다. 회사에서 모임이 있었는데 부장이 시시한 개그를 늘어놓았습니다. 모든 사람이 웃는데 대리 한 사람은 듣는 둥 마는 둥 했습니다. 부장이 묻습니다. **"어이. 김 대리, 내 얘기가 재미없어? 자넨 왜 안 웃나?"** 그랬더니 김 대리가 대답합니다. **"저는 내일 퇴사하거든요."**

누군가 이야기를 했을 때, 반응하고 재미있다고 하고 손뼉을 치는 건, 사실 권력 관계를 반영하는 겁니다. 갑과 을이 대화하면 을이 대

응해야 하고 윗사람과 아랫사람이 이야기하면 아랫사람이 경청하는 것이지요. 그동안 독자 여러분이 윗사람 혹은 갑으로 살아왔다면, 여러분의 글에 대한 다른 사람들의 썰렁한 반응을 쉽게 견디기 어려울 겁니다.

하지만, 독자 다 떨어지는 걸 감내하고 제가 **솔직하게 말씀드리겠습니다.** 만약 여러분이 일정한 글쓰기 수업을 받지 않은 상태라면, **여러분이 쓰는 글은 대부분 별로입니다.** 별로여야 합니다. 훈련이나 연습을 하지 않고도 글을 잘 쓸 수 있을 거라 생각하면 오산입니다.

글쓰기는 피아노 치는 것과 같습니다. 바이엘-체르니를 거쳐 소나티네와 소나타를 연습하고 수년 동안 훈련을 해야 남들 앞에서 피아노 연주를 할 수 있습니다. 글쓰기도 마찬가지입니다. **어설프게 쓴 글로는 절대 다른 사람에게 감동을 줄 수 없습니다.**

제가 지금까지 10여 년 동안 일주일에 3~4

번씩 강의를 하면서 매주 수십 건, 도합 수만 건의 글을 접했습니다만, 그중 99%는 범상했습니다. 나머지 1%가 좋았지요. 범상한 이유는 이렇습니다.

1. **간증하는 글** – '내가 이렇게 저렇게 했더니 이런 일이 일어났다'는 식입니다. 간증은 교회에서나 하는 것입니다. 독실한 신앙의 대가로 어떤 기적이 이루어진 것을 증언하는 게 간증입니다. 그러나 무엇이 독실한 것이고 무엇이 신앙에서 빚어진 결과인지는 그 종교를 믿는 사람에게만 설득력이 있습니다.

2. **자랑하는 글** – 자기가 생각하기에 그 일이 대단할지 모르지만 남이 듣기에는 그다지 특별한 일이 아닙니다. 이런 글은 공감을 얻지 못합니다.

3. **횡설수설하는 글** – 도대체 무슨 이야기를 하려는지 알 수 없는 글입니다. 이런 글을 쓴 필자에게 대체로 "무슨 말을 하고 싶으신 겁니까?"라고 말로 물어봐도 시원한 답을 얻지 못할 때가 많습니다. 쓰는 이가 스스로 하고 싶은 말이 없기 때문입니다.

간증하지 말고, 자랑하지 말고, 횡설수설하지 말 것.

이게 오늘의 핵심입니다. 무하마드 알리가 말했습니다. "모든 훈련이 고통스럽지만 나는 챔피언으로 살기를 원하기에 인내할 뿐이다." 나를 비난하고 내 단점을 말하는 것은 고통스럽습니다. 그러나 글쓰기의 챔피언이 되려면 거쳐야만 하는 과정입니다.

나의 단점

체중 감량을 하고 여덟 시간씩 훈련을 해야 했던 무하마드 알리를 떠올리며 쓸 것.

내 인생의 바닥

주식 시장에서는 바닥을 쳐야 반등을 하지요. 인생도 마찬가지일 겁니다. **바닥을 친 사람만이 위로 솟아오릅니다.** 정호승 시인이 말했지요.

바닥까지 가본 사람들은 말한다
결국 바닥은 보이지 않는다고
바닥은 보이지 않지만
그냥 바닥까지 걸어가는 것이라고
바닥까지 걸어가야만 다시 돌아올 수
있다고
바닥을 굳세게 딛고 일어선 사람들도

말한다
더 이상 바닥에 발이 닿지 않는다고
발이 닿지 않아도
그냥 바닥을 딛고 일어서는 것이라고

　여러분의 바닥은 어디였습니까? 타임머신을 타고 현재에서 과거로 다시 가봅시다. 사업에 실패했을 때? 부도가 났을 때? 직장에서 정리해고를 당했을 때? 사랑하는 사람과 아픈 이별을 했을 때? 가정형편 때문에 학업을 그만두어야 했을 때? 친구가 배신했을 때? 믿었던 사람에게 사기를 당했을 때?

　인생의 시간을 X축으로 행복감을 Y축으로 놓고, 그래프를 그려보세요. **그래프가 가장 하강했을 때를 되새겨보세요.** 그때를 생각하면서 어떤 고난이 있었는지, 어떻게 그걸 극복할 수 있었는지, 특히 어떤 기억이 아직도 여러분을 아리게 하는지 써보세요.

내가 인생의 바닥을 쳤을 때

2부

오직 하나만

하나만 이야기하기

글을 쓰는 데 **가장 중요한 것**을 말씀드리겠습니다. 그것은 **'하나만 이야기하기'**입니다. 앞서 말씀드린 나쁜 글의 예 중에 횡설수설하기가 있었죠? 그 반대라고 보시면 됩니다.

다음의 예를 봅시다.

[1] 나는 스포츠를 좋아한다. 특히 축구를 좋아해서 여전히 일주일에 한 번씩 축구를 한다. 등산도 좋아하는데 등산보다는 역시 축구가 좋다. 좋아하는 음식

은 평양냉면이다. 열흘이 멀다하고 꼭 단골 냉면집에 들른다. 나이 들면 재테크도 시테크도 아니고 우정 테크를 해야 한다는데, 지금 주변에 친구들이 많아서 좋다. 남은 인생을 헛되이 보내지 않으려고 방통대 중문과에 입학했다.

[2] 나는 빨간 한복이다. 그렇게 빨간색이 좋고 한복이 좋다. 그래서 명절이나 행사가 있을 때 늘 빨간 한복을 입는다. 이건 유전인지도 모른다. 우리 어머니는 나를 낳으러 병원에 가실 때도 한복을 챙겨 입고 가셨다고 한다. 어려서 나를 기를 때도 늘 빨간 한복을 입히셨다. 동네에서 날 "빨간 한복"이라고 부를 정도였다. 지금도 옷장에 세 벌의 붉은색 한복이 있다.

　[1]과 [2] 중에 어떤 글이 더 기억에 남습니까? 당연히 [2]입니다. 왜냐고요? [1]은 4가지를 이야기하고 있고, [2]는 한 가지만 말하고 있기 때문입니다. 두 글을 요약해보면 다음과 같습니다.

　[1] : 축구를 좋아한다. 평양냉면을 좋아한다. 친구들이 많다. 중문과에 입학했다.

　[2] : 나는 빨간 한복이다.

　이렇듯 짧은 글 속에서도 서너 가지 주제에 대해 이야기할 수도 있고, 하나의 주제만 이야기할 수도 있습니다. 글을 시작해서 끝날 때까지 우리는 주야장천 하나만 이야기해야 합니다.

　유명한 베스트셀러, 『아프니까 청춘이다』를 쓴 김난도 선생이 다음으로 낸 책, 『천 번을 흔들려야 어른이 된다』는 판매 성적이 그다지 좋지 않았습니다. 그 이유가 무엇일까요? 앞 책은 처음부터 끝까지 오로지 "니들 아프지? 그러니까 청춘이야!"라고 했는데, 다음 책에서는 1000개(?)나 되는 이야기를 해서 독자들이 지쳤기 때문이라고 합니다. 물론 농담입니다.

자, 글을 쓸 때는 어떻게 쓴다고요? 네, **하나의 글에선 오직 하나만** 이야기해야 합니다.

나에 대해 하나의 주제만 잡아서 이야기하기

예) '나는 스포츠맨이다'보다는 어떤 스포츠를 좋아하는가, 축구면 축구, 수영이면 수영, 골프면 골프, 하나만 골라 이야기를 써볼 것.

순간에 대해서 써라

친구 따라 강남 간다고, 한 번 두 번 영미를 따라 탱고 클럽에 드나들게 됐다. 그러다보니 나도 모르게 춤을 좋아하게 됐다. 지금은 탱고가 취미가 됐다.

위의 글은 썩 좋은 글이 아닙니다. '그러다보니' '어쩌다보니' '시간이 흘러서' '나도 모르게' 춤이 좋아졌다? 이런 말들이 많이 등장하면 등장할수록 글의 긴장감은 떨어집니다.

좋은 글이란 **오직 '순간'에 대해서 쓰는 글**입니다. 순간이란 단어가 영어로 moment입니다. moment는 순간이면서 '계기'라는 뜻도 됩니다. 세상의 모든 계기는 순간에 이루어지는 것입니다.

좋은 글은 다음과 같은 순서에 의해 생겨납니다.

사건 → 사건에 대한 고찰 → 글쓰기

좋은 글이 되려면 먼저 **사건**이 있어야 하고, 그 사건에 대한 **고찰**이 있어야 하며, 마지막으로 고찰을 바탕으로 한 정제된 **글쓰기**가 있어야 합니다.

앞에 든 예문은 '사건'은 있었지만 '고찰'이 잘못되었습니다. 여기서 말하는 고찰이란 생각 정도를 말하는 것이 아닙니다. 사건에 대한 면밀한 검토와 그 사건을 바라보거나 겪은 나 자신에 대한 탐색이 필요합니다. 나아가 **취재 또는 취조를 바탕으로** 해야 합니다.

취조(取調)가 뭡니까? '범죄 사실을 밝히기 위하여 혐의자나 죄인을 조사하는 것'입니다.

수사관이나 경찰이 데면데면 문초합니까? 절대 아닙니다. 범죄를 저질렀는지 아닌지를 알아내려고 어르기도 하고 협박도 하고 쥐어짜기도 하고 슬쩍 풀어놓기도 합니다. 그 조임과 늘임의 교차 속에서 혐의자는 극도로 피로해지고 지칩니다. 결국, 사실을 털어놓게 되어 있지요. 범죄를 저질렀던 장소와 그 '순간'에 대해서 말입니다.

글쓰기란 **심각한 자기 취조**를 바탕으로 하는 일입니다. 대충대충 생각해서 써선 안 됩니다. 생각한 대로만 써도 안 됩니다. 노트 몇 장쯤은 구겨버릴 각오로 임해야 합니다. **긴박한 심문을 거쳐야만 탄탄한 글이** 나옵니다.

앞에 든 예문은 '순간'이 빠져 있어서 느슨한 글이 되고 말았습니다. 순간을 넣어 계기를 살리려면 앞의 글을 다음과 같이 써야 합니다.

영미를 따라 탱고 클럽에 갔던 첫 날을

나는 잊지 못한다. 문을 열고 들어섰을 때, 쥐어짜는 것 같은 아코디언 소리가 내 심장에 쿵 하고 와서 부딪쳤다. 음악에 맞춰 쌍쌍의 남녀가 우는 듯, 웃는 듯한 표정으로 부드럽지만 절도 있게 움직였다. 그때 나는 알았다. 내가 탱고에 빠지게 될 것임을.

글쓰기 연습

내 인생 최고의 순간

그 동안 자기 까발리기, 겸손, 내 인생의 바닥 등을 쓰느라고 지치고 상처받으셨죠? 여기에선 자랑을 실컷 하셔도 됩니다.

정성들여 쓴다는 것

앞선 글에서 "인생을 걸고 글을 써 달라"는 주문을 했습니다. 아마도 이렇게 생각하는 분들도 있을 겁니다. **'글 하나 쓰는 데 무슨 인생을 걸어?'** 그렇지요. 맞을 수도 있고 틀릴 수도 있습니다. 오늘은 『순자 荀子』의 한 구절을 말씀드리겠습니다.

군자의 마음을 기르는 데 정성보다 더 좋은 건 없다. 정성이 지극하면 사고가 나지 않는다. 정성이야말로 군자가 지켜야 할 덕성이다. 정성을 지키면 일에 성공하지만, 정성을 내버리면 일에 실패한다.

정성을 지켜 일을 이루면 일이 가벼워지고, 일이 가벼워지면 독립하여 무슨 일이나 할 수 있으며, 독립하여 무슨 일이나 하는 것을 쉬지 않으면 어떤 일이든 다 잘할 수 있다.

어떤 일이든 다 잘할 수 있는 지경이 되면 있는 힘을 다 쏟더라도 처음의 상태로 되돌아가지 않는다. 이미 변화되었기 때문이다.

아, 그렇습니다. 오직 정성을 들여야만 일에 성공할 수 있습니다. 글쓰기도 마찬가지입니다. **정성이 있어야 합니다.** 『중용 中庸』에도 이런 말이 있습니다.

정성스럽게 되면 겉에 배어 나오고
겉에 배어나오면 겉으로 드러나고
겉으로 드러나면 이내 밝아지고

밝아지면 남을 감동시키고
남을 감동시키면 이내 변하게 된다.
그러니 오직 세상에서
지극히 정성을 다하는 사람만이
나와 세상을 변하게 할 수 있는 것이다.

우리는 테니스나 골프를 칠 때, 몇 년씩 연습하고 일주일에 한 번씩 실전 경기를 하지요. "두어 달 채를 놨더니 실력이 줄었다"는 말을 흔히 듣습니다. **여러분이 마지막으로 글쓰기를 한 것이 언제입니까?** 아마 수년 혹은 수개월 전일 것입니다. 그러므로 지금 잘 쓰지 못하는 것은 당연합니다. 글쓰기 실력은 하루 아침에 늘지 않습니다. 꾸준히, 정성스럽게 써 나갈 때만 좋은 글을 쓸 수 있습니다.

지금 '내 글'이 마음에 들지 않는다고 좌절하지 마세요. 과정 자체를 즐기십시오. 『순자』와 『중용』에 나와 있듯이 내가 먼저 정성스러우면 글도 정성스러워지고 내 글이 정성스러우면 자연히 다른 사람을 감동시킬 수 있습니다. 결국 글쓰기 훈련은 **마음을 가다듬는 연습**일지도 모릅니다.

글쓰기 연습

살면서 가장 정성을
들였던 것은?

진실한 마음으로 정성스럽게 한 자 한 자 또박또박 써나가세요.

재미있는 글의 힘

앞에서는 너무 심각한 이야기만 한 것 같습니다. **글쓰기에 꼭 필요한 것이 유머**입니다. 영어권 출판계에서는 코미디 요소가 많은 수필을 쓰는 사람을 유머리스트(Humorist)라고 합니다. 서점에 가 보면 유머리스트 장르를 위한 판매대가 따로 있을 정도입니다. 유머리스트의 글이요? 이런 겁니다.

뉴욕 레스토랑이 완전히 금연 구역으로 지정되자 나는 외식을 끊었다. 사무실도 금연 구역이 되자 나는 직장도 끊었다. 뉴욕에서 담뱃값이 한 갑에 7달러로 오르자 나는 짐을 다 챙겨서 프랑스로 갔다. ……

1980년대에는 아무 곳에서나 담배를 피웠지만 지금 나는 참을 수 없이 역겨운 놈이 됐다. 솔트레이크 시티에 있는 흡연실은 상태가 좋았다. 그러나 애틀랜타 공항의 흡연실은 좁아터지고 더러운 곳이었다. 재떨이는 절대 비워지는 법이 없고, 바닥에는 쓰레기가 굴러다니고 환기구 뚜껑은 떨어져 나갔다. 사람들도 문제였다. 목에 구멍이 난 사람을 늘 볼 수 있었다. 옆에서 그 사람의 아내가 한 손에는 가방을, 다른 한 손에는 산소통을 들고 있었다. 이라크에서 온 군인들, FBI 요원과 수갑 찬 죄수 두 명, 가난한 가족 등도 있었다. 생방송으로 중계되는 금연 광고나 다름없었다. 아이가 있는 사람들은 지나며 이렇게 말하곤 했다.

"코에 관을 꽂은 저 여자 보여? 너도 저렇게 되고 싶지는 않지?"

그런 흡연실에 어떤 여자가 두 살짜리 아들을 데리고 들어온 적이 있다. 아들은 휠체어에 앉아 있었다. 사람들이 수군거렸지만 여자는 아랑곳하지 않았다. 나는 여자의 그런 태도가 존경스러웠다. 여자는 살렘 4분의 3 개비를 뻑뻑 피운 뒤 꽁초를 재떨이 쪽으로 휙 던지며 말했다.

"아휴, 잘 피웠다."

– 데이비드 세다리스, 『너한테 꽃은 나 하나로 족하지 않아』 중에서

어떠십니까? **대리만족**마저 느껴지지 않나요? 데이비드 세다리스는 2001년 타임지가 선정한 '올해의 유머리스트'에 뽑히는 등, 몇 권의 책을 베스트셀러에 올린 작가입니다.

세다리스는 '금연일기'라는 제목의 글을 통해 흡연가의 고충과 금연을 주장하는 사람들의 **위선을 풍자**하고 있습니다. 그의 책들은 전 세계 26개국에서 번역되었고 800 만부 가까이 판매되기도 했지요.

독자 여러분도 아시겠지만, 제가 처음 해외 여행을 다니던 1990년대만 해도 한국에서 영국으로 가는 비행기 안에서 마음껏 담배를 피워대곤 했습니다. 처음 만나는 사람에게 스스럼없이 담배를 권했습니다. 사무실에서 곰 잡듯이 담배를 피우기도 했습니다.

물론, 담배는 몸에 해롭고 흡연가는 고약한 냄새를 풍깁니다. 그런데 가끔은, 할아버지 방에서 나던 곰방대 냄새가 그립기도 합니다.

입으로 들어가는 니코틴이나 발암물질보다 **더 해로운 건 입에서 나오는 욕과 흉**일지도 모릅니다. 우리는 그동안 주위 사람, 가족, 세상의 안목과 권유에 너무 주눅 들어 있었던 건

아닐까요? 머리가 복잡해지면서 담배가 땅기
네요. '에세 멘톨'이나 한 대 피워야 할까 봅니
다.

글쓰기 연습

흡연에 얽힌
재미있는 이야기

내 얘기든 남의 얘기든 담배 혐오든 담배 옹호
든 상관 없음. 어깨에 힘을 빼고 쓰세요.

세상에 남겨 놓는 글

'만약 내 인생이 3개월밖에 남지 않았다면?'이란 글 제목을 받고 보니 참 허무하다. 일단 지금 다니는 직장에서 하던 일을 인수인계하려면 최소한 2주는 걸릴 것 같다. 그 다음엔? 부모님이 계신 고향에 내려가서 한 달 정도 보내고, 여행을 하고, 친구들을 만나고……. 아, 연애 한번 제대로 못 해보고 이렇게 가는구나. 얼마 안 되지만 그동안 부었던 적금을 깨서 부모님하고 남동생 선물을 사 주고 나머지는 실컷 쓰고 가야겠다.

한 20대 후반 여성의 유언장입니다. 진짜 유언장은 아니고 글쓰기 교실에서 **'내 인생이 3개월 남았다면'**이란 제목으로 숙제를 내 줬을 때 써온 글입니다. 여러분은 어떻게 생각하십니까? 저 여성의 유언장을 보면 역시 어리다는 느낌이 들지요? 내 소중한 인생이 3개월밖에 남지 않았는데 이 여성은 다른 이를 걱정하고 있습니다. **회사 업무의 인수인계라니요!** 나 한 사람 없어도 회사는 잘 돌아가고 세상은 계속 굴러간다는 걸 아직 모르는 것이지요.

유언장 쓰기 과제를 살펴보면, 20대는 대체로 회사를 걱정하더군요. 힘들게 입사해서 그런가 봅니다. 30대 신혼들은 남아 있는 배우자를, 40대는 한창 자라나는 청소년기 자식들을 걱정했습니다. 50대는 남길 유산이 별로 없는 것에 대해 우려를 나타냈습니다. 60대 이상이 되니 오히려 지난 과거에 대한 후회보다는 자신의 인생에 대한 만족감을 나타냈습니다. 나이가 들수록 더 지혜로워졌거나 삶에 대한 생각이 긍정적으로 변한 분들이겠지요.

유언장은 어떻게 써야 할까요? 법적 효력을 가지려면 자필로 쓰고, 작성 연/월/일, 주소, 이름을 반드시 써야 하고, 도장 혹은 지장을 찍어야 한다지요? 이중 어느 하나라도 제대로 되어 있지 않으면 **자필 유언장의 효력**이 없다고 합니다.

저는 법적인 유언장을 쓰라고 권하는 것이 아닙니다. 내 재산 중 일부는 누굴 주고, 또 나머지는 누굴 주고……. 이런 재산에 대한 유언장이 아니라, **인생을 돌아보는 '회고성 유언장'**을 써보십시오. 남은 인생이 얼마나 소중한지 알게 됩니다.

9.11 사태 때문에 죽음을 앞두어야 했던 델타 항공 소속 비행기 속의 인질들이 그 짧은 순간 휴대전화 문자로 남긴 유언의 대부분은

가족, 부모, 자식에게 보낸 것이었습니다. 그들이 한 말은 거의 **"I love you"**였습니다.

만약 인생이 3개월밖에 남지 않았다면, 무슨 일을 하시겠습니까? 어떤 생각을 하고 어디로 가겠습니까? 내 가족에게, 친구에게, 또 나 자신에게 무슨 말을 남기고 싶습니까? 누군가에게 오랫동안 "사랑한다"는 말을 하지 못했다면 지금 하십시오. 누군가를 오래 증오해왔다면 지금 용서하십시오. 도저히 잊을 수 없는 상처가 있다면 이제 지우십시오. 도무지 놓을 수 없는 집착이 있다면 여기서 내려놓으십시오. 늘 나와 내 가족만 생각하며 모아 놓은 돈이 있어도 가져갈 수 없습니다. 올 때 그랬듯이, 갈 때도 빈손으로 가는 것입니다. 유언장을 쓰면서도 '스크루지'가 되지 말고, **너그럽고 넉넉하고 사랑이 넘치는** 그런 사람이 되시길.

유언장을 쓰세요

'내가 만약 3개월 뒤에 갑자기 죽을 운명이라면?' 남은 시간을 건강한 몸으로 어떻게 지낼 것인지, 남은 사람들에게 어떤 말을 할 것인지 생각하면서 쓰세요.

나도 젊은 시절이 있었다

홍시여 잊었느냐
너도 한 때는
무척 떫었음을

제가 좋아하는 나쓰메 소세키(夏目漱石, 1867~1916)의 하이쿠입니다. 하이쿠(俳句)는 일본 문학의 독특한 형태로 17세기 에도시대부터 유행한 **아주 짧은 시**를 말합니다. 홍시에 대한 하이쿠를 보십시오. 말랑말랑 맛있고 달달한 홍시가 되기 전에 땡감은 얼마나 떫습니까? 우리 속담에 '시거든 떫지나 말지'라는 게 있습니다. 어느 하나는 쓸모가 있어야 한다는 뜻입니다만, 젊은이가 재주도 없으면서 잘난 척할 때 쓰는 말이기도 하지요.

젊은 시절에 우리는 시고 떫은 존재였습니다. 뭐 하나 잘하는 것도 없으면서 자신감만 가득했지요. 매번 실수투성이에 반성도 할 줄 모릅니다. 기성세대를 속으로 경멸하면서도 그 앞에서는 비굴했어요. 젊은 시절이 영원히 지속될 것처럼 시간을 낭비하며 태만히 지내기도 했습니다. 영국 작가 버나드 쇼가 그랬다지요? **"젊음은 젊은이에게 주기에는 너무 아깝다"**고.

대표적인 하이쿠 시인 마츠오 바쇼오(松尾芭蕉, 1644~1694)는 세상을 떠나기 얼마 전 노쇠한 몸을 일으켜 다음의 하이쿠를 썼습니다.

아 외길이여
행인 하나 없는데
저무는 가을

아, 아마도 이 시를 젊은 시절에 읽었다면
별 감흥이 없었을지도 모릅니다. 50대가 되고
나니, 인생의 가을이 느껴집니다. 저 하이쿠가
제 뒤통수를 때립니다. 이런 날 눈이나 비가
내리면 마츠오 바쇼오처럼 **'술을 마셔도 잠
이 안 오는'** 밤이 될지도 모르겠습니다.

날은 저물고 갈 길은 먼데, 행인 하나 없습
니다. 가을은 깊어 가는데 길은 외길입니다.
아직도 가야 합니까? 이 길을? 아직도 숨 쉬어
야 합니까? 아직도 살아야 합니까? 어두워지
는 하늘에 대고 이렇게 질문하면서 발은 걸음
을 멈추지 않습니다. 비록 떫었던 젊은 시절보
다 훨씬 느려지고 근육은 다 쇠잔해졌지만 오
직 **거거거중지 행행행리각**(去去去中知 行行

行裡覺)*의 심정으로 갈 뿐입니다.

____

* 대종교 지도자 권태훈 선생(1900-1994)의 좌우명. '가고 가고 가는 중에 알아지고 행하고 행하고 행하면 깨달아진다'는 뜻.

글쓰기 연습

나의 젊은 시절

이 제목으로 짧은 시를 지으세요.

사족 없이 재미있게

프랑스의 유명한 우화 작가인 라퐁텐
(La Fontaine, 1621~1695)의 우화집에
나오는 다음 이야기를 읽어보세요. 원문
은 이보다 더 깁니다.

[1] 한 중년 남자가 오래 독신으로 살았다.
머리가 희끗희끗해지기 시작한 그는 결
혼을 해야겠다고 마음먹었다. 그는 부자
였는데, 마을에 사는 두 과부에게 마음
이 있어 둘 다 만났다. 둘 중 하나는 젊
었고, 하나는 남자 또래였다. 이 두 여인
은 남자가 찾아가면 웃고 이야기를 나

누면서 그의 머리카락을 빗기고 다듬어 주었다. 얼마 뒤에 그는 대머리가 되었다. 젊은 여자는 이 남자가 젊게 보이도록 흰 머리를 뽑았고, 나이든 여자는 자기와 잘 어울려 보이게 검은 머리를 뽑았기 때문이다.

[2] 중년 남자가 두 여인을 불러 이렇게 말했다.

"나는 당신들한테 좋은 교훈을 얻었소. 누구와 결혼을 하든, 내가 선택한 여인은 나를 내 방식대로 살게 해주기보다는 자기 방식대로 내가 살아주길 원할 것이오. 나는 결혼하지 않고 살겠소."

라퐁텐은 이렇게 **의미 있는 이야기**를 덧붙이며 우화를 끝냅니다. 하지만 뒷부분 글이 없어도 그대로 훌륭한 한편의 이야기입니다. 저는 중년 남자가 **왈가왈부하는 부분이 없는 것이 더 좋은 글**이라고 생각합니다.

의미는 기미(幾微)입니다. 아주 작게만 들어가거나 아예 없어야 합니다. 왜냐하면, 앞부분의 글 [1]만으로도 교훈이나 의미를 충분히 표현하고 있기 때문입니다. 뒤에 따라 붙는 [2]는 사족이지요.

1분 안에 읽을 수 있는 짧은 글을 써보십시오

단, 여러분이 지금까지 들은 것 중에 가장 재미있는 이야기를 써야 합니다. 글을 읽고, 사람들이 웃음을 터뜨려야 합니다. 최소한 미소는 지을 수 있어야 합니다.

한 글자, 한 마디

카피라이터 정철 님이 쓴 『한 글자』라는 책이
있습니다. **'소중한 것은 한 글자로 되어 있
다'**는 부제가 붙어 있는 이 책에는 뒤, 옷, 산,
꽃, 연, 씨, 봄, 첫, 팔, 답, 것, 돈, 일, 신, 쿨, 잠
등 한 글자로 된 단어에 대한 작가의 생각이
들어 있습니다. 이를 테면 이런 식입니다.

<결>
결혼은
격이 맞는 사람과 하는 게 아니라
결이 같은 사람과 하는 것이다.
격혼이 아니라 결혼이다.

<자>

재지 마라.

너도 기껏 30cm인 것을.

<입>

진주를 품은 조개는

함부로 입을 열지 않는다.

　이런 걸 **촌철살인**이라고 하나요? 저자에게 사인이 든 책을 받아들고 단숨에 읽은 기억이 있습니다. 사실 인생의 비밀은 한 글자, 혹은 한 마디에 들어 있지요. 그리스 고대 철학자들이 한 이야기를 모은 『소크라테스 이전 철학자들의 단편 선집』에 보면 이런 말들이 나옵니다.

알고서 침묵하라 – 솔론

보증, 그 곁에 재앙 – 탈레스

비밀은 발설하지 말라
– 페리안드로스

집 떠나 있을 때는 뒤돌아보지 말라
– 피타고라스

친구들에게 좋은 일이 있을 때는 천천히 찾아가고 불행에 빠졌을 때는 빨리 찾아가라 – 킬론

철학자들의 삶이 녹아 있는 한 문장입니다.

다음 단어들을
한 문장으로
표현해보시오

페이지를 넘기면 익숙한 단어들이 기다리고 있습니다. 반드시 한 문장으로 표현하세요.

돈 -

어머니 -

말(言) -

사랑 -

삶 –

친구 –

청춘 –

이별 –

3부

만약 나에게

나에게 10억 원이 생긴다면

'나에게 10억 원이 생긴다면 어디에 쓰겠는가?' **상상만 해도 즐겁지 않습니까?** 우리는 자본주의 사회에 살고 있기 때문에 어쩔 수 없이 자본이 욕망을 대신합니다. 돈이 있어야 살 수 있습니다. 노자의 『도덕경』에 '지족자부(知足者富, 족함을 아는 자가 부자다)'라는 말이 나옵니다만, 자신이 언제 족함을 아는지, 그걸 아는 자야말로 성인이요, 현자겠지요. 우린 대부분 만족함을 모르는 평범한 인간이니까요.
　만약 10억 원이 생긴다면- 이런 제목을 주
고 수강생들에게 글을 쓰게 해 봤습니다.

　　"친정 오빠 사업하는 데 쓰라고 주겠
　　다."
　　- 우애 깊은 어느 40대 여동생의 소원.

　　"전부 사회에 환원하겠다. 공으로 생긴
　　돈은 내 돈이 아니다."
　　- 도덕적으로 매우 순수한 충청북도의
　　한 공무원. 이런 분만 있으면 부패 없는
　　나라가 될 것임.

　　"10억 원 갖고 뭘 하나? 100억 원은 있
　　어야지."
　　- 잘난 척하기 좋아하는 강남 사모님.

"일단 마누라한테 물어봐야 한다. 뭘 할
지."
– 30년 공처가로 살면 이런 답이 나옴.

"남편한테는 말 안 하겠다."
– 위의 답과 비교해 볼 것. 역시 여자가
한 수 위.

"우리 필요한 돈 쓰고 나서 친정 부모님
께 1억 원 정도 드리겠다."
– 시댁에 드리겠다는 여자는 극히 드물
다는 사실.

"세계 일주 여행을 가겠다."
– 모든 이의 로망.

"아파트 대출부터 갚겠다."
– 글 쓴 사람의 90%는 이렇게 답함.

로또가 당첨되었습니다. 당신이 마음대로 쓸 수 있는 돈 10억 원이 있습니다. 이 돈으로 무엇을 하시겠습니까? 펀드에 든다든가, 금융 상품을 산다든가, 다시 은행에 넣어 둔다든가 할 수는 없습니다. **1년 안에 당신은 이 돈을 다 써야 합니다.** 이런 경우라면 더 재미있는 글이 나올 수 있겠지요. 오직 여러분 자신을 위해 이 돈을 써 보십시오. 열심히 일한 당신, 이제는 맘껏 질러 보십시오.

글쓰기 연습

10억 원이 생긴다면
진짜 무엇을 할 것인가?

나이 드는 것에
대하여

젊은이들은 갈등과 고민과 부족한 느낌에 늘 시달리고, 인생이 비참하다면서 나를 찾아오곤 한다네. 너무 괴로워서 자살하고 싶다면서…… 젊은이들은 이런 비참함을 겪는 것으로도 모자라 아둔하기까지 하지. 인생에 대해 이해하지도 못하지…… 이 향수를 사면 아름다워진다거나 이 청바지를 사면 섹시해진다고 하면서 사람들이 조작해대는데 바보같이 그걸 믿다니!……

내 안에는 모든 나이가 다 있네. 난 3살이기도 하고, 5살이기도 하고, 37살이기도 하고, 50살이기도 해. 그 세월들을 다 거쳐 왔으니까. 그때가 어떤지 알지. 어린애가 되는 것이 적절할 때는 어린애인 게 즐거워. 또 현명한 노인이 되는 것이 적절할 때는 현명한 어른인 것이 기쁘네. 어떤 나이든 될 수 있다는 것을 생각 해보라구!

미국의 소설가 미치 앨봄이 루게릭 병에 걸려 죽어가는 스승 모리 슈워츠(1916~1995)를 매주 방문해 쓴 수기 『모리와 함께한 화요일』에 나오는 이야기입니다. 모리 선생님이 제자인 미치에게 이렇게 말합니다. **"나이 드는 것에 맞서 싸우면 언제나 불행하다"**고. 현재의 자기가 누구인지를 받아들이고 그 속에 흠뻑 빠져 살라고.

우리는 하루하루 나이 들어가고 있습니다. 태어나서 25세까지는 '나이 든다'는 것이 인생의 정점을 향해 성장한다는 의미입니다. 25세 이후부터는 노화한다는 의미입니다. 육체적으로는 그렇습니다. 몸이 어제와 오늘 다르다는 것을 느낄 때마다 **"내가 10년만 젊었어도!"** 를 외칩니다.

그러나 나이 든다는 것은 그렇게 나쁜 것만은 아닙니다. 아니, 좋은 게 더 많습니다. 20대를 생각해보십시오. 얼마나 불안했습니까? 얼마나 가난했습니까? 또 얼마나 참을성이 없었으며 얼마나 어리석었습니까? 오히려 나이 들어 마음이 더 안정되었고, 경제적으로도 윤택해졌으며 인내심도 더 갖게 되지 않았습니까?

나이 든다는 것은 좀 더 지혜로워지는 일입니다. 세상과 타인에 대한 이해가 더 넓어지고 커지고 깊어지는 일입니다.

괴테는 『파우스트』에서 젊어지기 위해 자

신의 영혼을 악마에게 파는 주인공 파우스트를 묘사합니다만, 지금까지 살아온 자신의 생애를 부정하면서 젊은 시절로 돌아가기만 하는 것이 무슨 의미가 있을까요?

이런 시조가 있습니다.

> 청산도 절로절로 녹수도 절로절로
> 산 절로 수 절로 산수 간에 나도 절로
> 이 중에 절로 자란 몸이 늙기도 절로 함
> 이라

조선시대 문인 김인후(1510~1560)가 쓴 시조입니다. 산과 물이 자연스레 생성되고 흘러가듯이, 인간의 노화도 자연의 한 과정일 뿐이라는 달관의 표현입니다. 집착할 것도 없고 후회할 것도 없습니다. 젊음에 대해 시기할 것도 질투할 것도 없습니다. **젊음은 젊음대로, 늙**

글쓰기 연습

나이 듦에 대하여

나이 드는 것의 좋은 점을 쓰고 젊음의 어리석음을 논할 것. 젊은이들을 탓해도 좋고 마음껏 욕해도 좋음. 다만, 쓰고 나서 어린 것들에게 보여 주지는 마세요.

읽지 않고 쓴다?

불가능합니다. 읽지 않고 쓰려 하는 것은 먹지 않고 배설하려는 것과 같습니다. 흔히 좋은 글을 쓰기 위해서는 '다문(多聞) 다독(多讀) 다상량(多商量)— 많이 듣고 많이 읽고 많이 생각하라'는 3 원칙을 제시합니다. 송나라 문인 구양수가 「위문삼다(爲文三多)」라는 글에서 한 말입니다. 이게 나중에 '다독, 다작(多作), 다상량 — 많이 읽고, 많이 써보고, 많이 생각하라'로 알려지기도 했지요.

『태백산맥』의 저자 조정래 선생은 『황홀한 글 감옥』이란 책에서 '**다독 → 다상량 → 다작**'의 순서를 제시합니다. 그것도 4:4:2정도로 힘을 배분해서 먼저 **많이 읽고 생각하는 일에 80%**의 에너지를 소비하고 나머지 20%로 글을 쓰라고 충고합니다.

우리는 어떻습니까? 글쓰기에 조금 재미를 들이면 무조건 쓰려고 하고, 남에게 읽히려 합니다. 욕심입니다. 이렇게 쓴 글은 땡감밖에 안 됩니다. 무척 떫지요. 설익은 과일에 불과합니다. 좀 더 기다려야 합니다. 독서의 내공을 쌓고 사색의 깊이를 더해가면서 저절로 익기를 기다려야 합니다. 모든 과일은 익으면, 때가 되면, 아래로 떨어지게 되어 있습니다.

그럼 어떤 책을 읽어야 할까요? 한 마디로 동서양의 **고전이 정답**입니다. 역사, 철학, 문학 등을 아우르는 폭넓은 독서를 바탕으로 읽고 되새기는 8할의 노력이 필요합니다. 제가 꼽는 동서양 최고의 고전은 다음과 같습니다.

<동양>

1. 『논어』
2. 『맹자』
3. 『장자』
4. 사마천의 『사기』
5. 『한비자』
6. 『시경』

<서양>

1. 『일리아스』
2. 『오디세이아』
3. 플라톤의 『대화편』
4. 헤로도토스의 『역사』
5. 소포클레스의 『오이디푸스』, 『안티고네』

이와 같은 책을 **꾸준히 반복해서 읽으시면** 좋습니다. 물론 논어나 맹자 같은 책은 사전 지식 없이 쉽게 읽을 수는 없습니다. 세상의 모든 위대한 책들은 **어렵지만 재미있습니다.** 다만 재미를 느끼려면 오독(誤讀)과 난독(難讀)의 수렁을 건너야만 합니다. 인수봉 정상에 오르려면 깔딱 고개와 가파른 바위 길을 지나야 하고, 에베레스트를 등정하려면 1, 2, 3, 4 캠프의 고소와 통증을 견뎌야만 합니다.

좋은 글을 쓰려면 좋은 책을 읽어야 하고, **좋은 책은 우리에게 읽기의 고통을 요구**합니다. 그러나 일찍이 소크라테스가 『파이돈』에서 말했습니다.

"즐거움이란 기이하게도 그 반대되는 고통과 얼마나 놀랍게 연결되어 있는지! 즐거움과 고통이 사람에게 동시에 일어나려 하지 않을 텐데, 만일 누군가

둘 중 하나를 좇아 그것을 취하면 필연
적으로 늘 다른 한쪽도 취하게 마련이
다. 마치 그 둘이 한 머리에 붙어 있는
것처럼.”

즐거움을 좇으려면 고통을 감내해야만 합
니다. 아니, 고통 자체가 즐거움일지도 모릅니
다. **잘못 읽고 어렵게 읽는** 독서의 과정 자체
가 사실은 **독서의 쾌락**입니다. 여러분도 ‘독
서의 고통 = 독서의 쾌락’을 맛보시기를.

독서 계획

나의 1년 독서 계획

독서를 위한 다짐이나 읽을 책을 써도 됩니다.

어떻게 읽을 것인가?

『논어』의 첫 구절을 예로 들어보겠습니다.

子曰 學而時習之 不亦說乎
자왈 학이시습지 불역열호

책을 보면 이 문장에 이어 해석이 나오죠.
다양한 번역이 가능합니다.

선생님께서 말씀하셨다.
"배우고 때때로 익히면 이 또한 기쁘지 아
니한가?"
    – 김석환

공 선생님이 이야기했다.

"배우고 때에 맞춰 몸에 익히면 기쁘지 않겠는가?"

– 신정근

공자께서 말씀하셨다.

"배우고 제때에 그것을 익히니 또한 기쁘지 아니한가!"

– 이기동

공자께서 말씀하시었다.

"배워 때에 맞추어 익히니 또한 기쁘지 아니한가?

– 김용옥

저 간단해 보이는 문장 하나도 이렇게 해석이 다릅니다. **그게 그거 같다고요?** 그렇지 않습니다. 때때로 익히는 것과 때에 맞춰 익히는 것과 제때에 익히는 것은 전혀 다른 의미입니다. 고전을 읽는다는 것은 '해석된 대로 읽지 않겠다'는 것입니다. 해석자가 천하의 석학이라 해도 틀릴 수 있다는 전제를 깔고 읽는 것입니다. 아르헨티나의 소설가 호르헤 보르헤스(1899~1986)가 말했듯이 **세상에 결정판이란 것은 없는 법**입니다.

저 위의 해석 중 어느 것도 틀리지 않았으나 어느 것도 전적으로 옳지는 않습니다. 최소한 우리는 **의심의 눈초리로 고전을 읽어야** 합니다. 전문가나 학자들이 알려주는 대로 듣거나 읽어선 안 됩니다. 주는 대로 받아먹어선 안 됩니다.

비판적 자세와 질문하려는 태도로 책을 읽어야 합니다. 이게 왜 이렇게 번역되었을까? 이 부분이 뜻하는 바는 무얼까? 저자는 혹은 역자는 왜 이렇게 썼을까? 이렇게 끊임없이 물음표를 던지면서 책을 읽어야 합니다. 이런 관점과 행동 양식 없이 책을 읽는 것은 아무

의미도 없습니다.

따라서 1년에 100권 읽기 같은 목표 역시 무의미합니다. 차라리 1년에 『논어』 100번 읽기가 낫지요. **한 권을 읽어도, 한 줄을 읽어도** 그걸 잘근잘근 씹어서 내 위와 장으로 흡수하겠다는 생각이 있어야 합니다.

북송의 유학자인 정명도(程明道, 1032~1085), 정이천(程伊川, 1033~1107) 형제는 그들의 책 『이정유서(二程遺書)』에서 이런 말을 했습니다.

어떤 사람은 『논어』를 읽고 나서 아무 일 없었다는 듯 행동한다.
어떤 사람은 읽고 나서 그 중의 한두 구절을 깨닫고 기뻐한다.
어떤 사람은 아는 것을 좋아하게 된다.
또 어떤 사람은 읽자마자 자기도 모르게 손발을 흔들며 춤추고 기뻐한다.

　왜 자기도 모르게 손발을 흔들며 춤추고 기뻐하는 걸까요? 좋아서지요. 끓어오르는 기쁨을 주체할 수 없어서지요. **지식이 쌓이는 즐거움, 지혜를 깨달은 희열**을 도무지 가만히 앉아서는 감당할 수 없어서지요.

　여러분도 그렇게 책을 읽으시기 바랍니다. 읽고 나서 아무 일 없었다는 듯 행동하게 되는 책은, 처음부터 읽을 가치가 없습니다.

나의 독서를 돌아보는 연습

나는 지금까지 어떤 책을 읽어 왔는가

특별한 책 한 권에 대해서만은 상세히 쓰세요.

좋아하는 책의 첫 페이지를

베껴 쓰십시오. 작가들은 자기가 쓸 작품의 시작을 놓고 많은 고민을 합니다. 최인훈 작가는 『광장』의 첫 문장을 수십 번 고쳤을 뿐 아니라, 개정판이 발행될 때마다 서로 다른 문장을 내놓기도 했습니다. 여러분이 **좋아하는 소설, 산문 등의 첫 쪽**을 베껴 쓰면서 작가의 혼을 느껴보시기 바랍니다.

다음은 제가 좋아하는 작품들의 첫 문장입니다.

바다는, 크레파스보다 진한, 푸르고 육
중한 비늘을 무겁게 뒤채면서 숨을 쉰
다.
– 최인훈, 『광장』

스물 세 살이오 – 삼월이오 – 각혈이다.
– 이상, 「봉별기(逢別記)」

아가타 쥰세이는 나의 모든 것이었다.
– 에쿠니 가오리, 『냉정과 열정사이』(김
난주 옮김)

이력서란 원래 비밀에 속하는 것이라
방문을 닫고 사람을 피해서 약간 흥분
된 마음을 가지고 모필로 묵흔이 선명
하게 쓴 후 떨리는 손으로 남모르게 취
직처에 삼가 바쳐야 할 성질의 물건이
다.
– 김진섭, 「범생기凡生記」

가나다라를 깨우치고 이런 저런 모험
소설을 읽게 된 유년 시절부터 감옥은
내게 사회와 영혼의 순결한 성소로 여
겨졌다.
- 장정일, 『감옥』

납덩이 추를 매단 끈처럼 팽팽하게 선
실의 천장에 달린 현등(舷燈)이 좌우로
흔들리는 것으로 보아 점점 더 깊어지
는 파도에 휩쓸린 '버지니아호'가 어느
정도의 규모로 기울어지는지 짐작할 수
있었다.
- 미셸 투르니에, 『방드르디, 태평양의
끝』(김화영 옮김)

진실을 아는 것은 모든 인간에게 중요
하지만, 극히 적은 수만이 그것을 알고
있다.

－ 스피노자의 정신, 『세 명의 사기꾼』
(성귀수 옮김)

글쓰기를 위한 연습

좋아하는 소설과
에세이를 한편씩 골라
첫 페이지를
손으로 베껴 쓰시오

김훈 따라하기

『칼의 노래』로 유명한 소설가 김훈 선생은 법전을 사전처럼 애용한다고 밝힌 바 있습니다. 법률용어 중에 **생소하지만 쓸 만한 단어**가 있다는 것입니다. 그래서 저도 법전을 뒤적거려 봤습니다.

형법 18조에 이런 말이 있습니다.

부작위범 : 위험의 발생을 방지할 의무가 있거나 자기의 행위로 인하여 위험발생의 원인을 야기한 자가 그 위험발생을 방지하지 아니한 때에는 그 발생된 결과에 의하여 처벌한다.

여기에 '부작위(不作爲)'란 말이 나옵니다. 이를 알기 위해 먼저 '작위(作爲)'의 뜻부터 찾아 봤습니다. '의식적으로 한 적극적 행위나 동작'을 뜻합니다. 그럼 부작위란 뭘까요? 법률적으로는 '마땅히 해야 할 일을 의식적으로 하지 않는 일'을 뜻합니다.

또 위의 조항 중에 '야기(惹起)'란 단어가 나오는데요. 이는 '일이나 사건 등을 끌어 일으킴'이란 뜻입니다.

형법에 나오는 몇몇 어휘를 살펴보겠습니다.

타인을 교사하여 죄를 범하게 한 자…

교사(敎唆) : 남을 꾀거나 부추기어 못된 짓을 하게 함.

구류는 1일 이상 30일 미만으로 한다.

구류(拘留) : 죄인을 구치소에 가두는 벌

형의 선고를 유예하는 경우에…

유예(猶豫) : 시일을 미루거나 늦춤

배우자가 간통을 종용 또는 유서한 때
에는 고소할 수 없다.

종용(慫慂) : 잘 설명하고 달래어 권함
유서(宥恕) : 너그러이 용서함

사람의 촉탁 또는 승낙을 받아…

촉탁(囑託) : 일을 부탁하여 맡김

혼인을 빙자하여 음행의 상습 없는 부
녀를 기망하여 간음한 자는 2년 이하의

징역에 처한다.

　빙자(憑藉) : 말막음을 위하여 핑계로 내세
움
　음행(淫行) : 음란한 행위
　상습(常習) : 늘 하는 버릇
　기망(欺罔) : 속이다

와, 역시 법률용어는 재미있으면서도 어렵네요. 마지막 문장은 다음과 같이 해석할 수 있겠지요?

혼인을 핑계로 얌전한 여성을 속여 간음한 자는 2년 이하의 옥살이를 시킨다.

죄 짓지 말고 삽시다.

사전을 펼쳐 놓고
새로운 단어나 어려운
어휘의 뜻을 써보세요

사전을 애인처럼

글을 잘 쓰려면 무엇보다 **사전을 가까이**해야 합니다. 동서고금의 작가들 대부분은 사전을 애인처럼 아꼈습니다.

글을 쓰다 막힐 때, 비슷한 말을 찾아야 할 때, 반대말이 생각나지 않을 때 사전을 펼치십시오. 사전은 단순히 단어의 뜻을 알려 주는 것 이상의 힘을 갖고 있습니다.

좋은 사전에는 풍부한 예문도 실려 있어서 **뜻밖의 아이디어**를 주기도 하고 **참신한 문장**을 만들도록 도와주기도 합니다. 무엇보다도 내가 쓰는 글의 어휘를 풍부하게 해서 **독자에게 읽는 재미를 선사**하기도 합니다.

다음을 봅시다.

> 김오봉이도 자기 집에 드는 손님한테는
> 살갑기가 무작스러운 대로 너울가지가
> 있어 그게 미더워 그런지 다른 술집보
> 다 술손이 더 꾀어 셈속이 꽤 쏠쏠했다.
> – 송기숙『녹두장군』

위 문장 하나만 봐도 사전을 여러 번 찾아가
며 읽어야 합니다.

살갑다 : 부드럽고 상냥스럽다
무작스럽다 : 상당히 무작한 듯하다.
너울가지 : 남과 잘 사귀는 솜씨
술손 : 술손님
셈속 : 이해타산

그런데 무작스럽다의 뜻풀이에 '무작하다'

란 말이 있으니 다시 한 번 사전의 도움을 빌려야 하지요.

무작하다 : 무지하고 우악하다

줄곧 천막에서만 생활하다가 비로소 이제 떠날 무렵에야 낯선 도시가 제법 풋정이 든다.
– 최인호 『지구인』

풋정 : '정'에도 정도가 있어 깊이 든 정이 있고, 깊이 들지 않은 정이 있다. 전자와 같이 은근하고 깊은 정을 '속정(-情)'이라 하고, 후자와 같이 아직 깊이 들지 않은 정을 '풋정'이라 한다.*

____

* 송기숙과 최인호 문장 및 풋정의 풀이는 조항범, 『우리말 활용사전』 인용. 그 외 낱말 풀이는 남영신, 『국어사전』 인용

보십시오. 정(情)에도 정도가 있다고 합니다. 풋풋한 젊은이들이 나누는 정이나 짧은 시간에 든 정은 **풋정**이고 오랜 시간 누룩처럼 발효된 마음은 **속정**이라 한답니다. 아아, 우리는 얼마나 긴 세월 동안 사랑하는 이와 속정을 나누고 살았단 말입니까!

글쓰기를 위한 연습

사전을 찾아
맘에 드는 예문 5개를
옮겨 써보시오

4부

스토리텔링으로

스토리텔링으로 글쓰기 1

좋은 글이란 재미있고 감동적인 글을 말합니다. 만약 재미와 감동 중 **하나만 택하라면 재미를 택해야** 합니다. "나는 이 글로 사람들에게 감동을 줄 거야"라고 마음먹는 순간 감동은 사라지기 때문입니다.

『도덕경』에 이런 말이 있습니다.

道可道 非常道 도가도 비상도
名可名 非常名 명가명 비상명

도라고 할 수 있는 도는
영원한 도가 아니다
이름 붙일 수 있는 이름은
영원한 이름이 아니다

글을 쓰려는 사람이 **감동을 주겠다고 애쓰면, 어깨에 힘이 들어가고 뇌가 경직**됩니다. 힘이 들어간 어깨는 가벼울 수 없고 경직된 뇌에서는 창의적인 글이 나오지 않습니다. 저는 이 책의 처음부터 끝까지 결국 하나의 주제에 대해 이야기하고 있습니다. **'가볍게, 자유롭게 쓰라'**는 것입니다.

스스로 빈 배가 되어 세상에 나아가십시오. 내 배에 금은보화가 가득 차 있으면 사람들이 놀라운 눈으로 바라보겠지만, 그 무게를 견디지 못해 가라앉고 맙니다. 지나갔는지 지나가지 않았는지도 모르게 빈 배가 되어 유유자적하십시오. **바람처럼 구름처럼** 물 위를 흐르십시오.

'나는 중요한 말을 할 거야.' '내가 쓴 글은 진리야.' '이걸로 사람들을 감명받게 하겠어.' 이런 의식과 욕망조차 내려놓으십시오. 감동을 의식하는 순간 감동은 나오지 않습니다. 그저 **재미있는 얘기 한 토막 전하겠다는 소박한 마음**이면 그만입니다.

자, 그럼 재미있는 얘기는 어떻게 써야 하는가? '스토리텔링'으로 써야 합니다. 2300년 전, 아리스토텔레스가 이야기의 구조에 대해 처음으로 책을 썼습니다. 『시학』이라고 하지요. 그 이후로 수많은 작가와 학자와 이야기꾼이 **'어떻게 하면 더 흥미로운 이야기를 만들 수 있는가'**에 대해 연구해왔습니다. 그 핵심이 바로 **스토리텔링**입니다.

스토리텔링의 핵심은 수수께끼 구조에 있

습니다. 한 마디로 **스토리텔링은 수수께끼입**니다.

　　– 식인종이 밥투정 할 때 하는 말은?
　　"아, 살 맛 안 나."

　　– 화장실에 갔다 온 원숭이는?
　　"일~ 본~ 원숭이."

　　– 야채 장수가 제일 싫어하는 도시는?
　　"시드니"

　　– 아무리 봐도 문제투성이인 것은?
　　"시험지"

　　– '개가 사람을 가르친다'를 4자로 줄이면?
　　"개인지도"

– 세상에서 가장 잔인한 비빔밥은?
“산채비빔밥”

– 돌고래는 영어로 돌핀이다. 고래는 영어로 뭐라고 하는가?
“핀”

– ‘소가 네 마리 있다’를 두 글자로 하면?
“소포”

– 어느 식당가에 첫째 집 간판은 ‘한국에서 제일 맛있는 집’이었고 둘째 집 간판은 ‘세계에서 제일 맛있는 집’이었다. 그런데 사람들은 죄다 셋째 집으로 갔다. 셋째 집 간판에 뭐라고 써져 있었을까?
“여기가 입구.”

재미있는 수수께끼 10개를 써보세요

들었던 것도 좋고 직접 지어낸 것도 좋습니다.

스토리텔링으로 글쓰기 2

다음은 당나라의 문인 한유(韓愈, 768~824)가 장안성 남쪽에서 공부하고 있는 아들 부(符)에게 보낸 편지입니다. 학문을 권유하는 글, **권학문**(勸學文)인데 **탁월한 스토리텔링 기법**을 쓰고 있습니다.

부독서성남 符讀書城南
나무가 똑바로 깎이는 것은
장인이나 목수의 손에 달려있고
사람이 능히 사람답게 되는 것은

시서를 지녔느냐에 달려 있다.
배움의 길을 알려면
똑똑한 자와 어리석은 자
처음엔 다 같음을 보면 된다.
두 집에서 각각 아들을 낳았다 치자.

아기 적에는 별 차이 없다.
어린이 시절엔 물고기처럼
떼 지어 다니며 뛰어 논다
열 두세 살 때부터 두각을 나타내는데
스물에 이르면 점점 틈이 더 벌어져
하나는 맑은 냇물
다른 이는 더러운 도랑이 된다.

서른 살이 되면 뼈대가 이루어져
한 사람은 용이 되고
다른 사람은 돼지가 된다.
누구는 신비로운 말을 타고

뛰어 올라 내달리는데
누구는 두꺼비가 되어 꽥꽥거린다.
한 사람은 나라의 재상이 되어
크고 깊은 저택에서 지내고
한 사람은 말을 모는 졸개가 되어
등을 채찍으로 맞아 구더기가 끓는다.

너에게 묻노니
무슨 까닭으로 이렇게 되었느냐?
배우고 배우지 않은 차이 때문이지.
금이나 옥은 귀한 보배지만
쉬이 쓰게 되어 간직하기 어렵다.
학문은 몸에 간직하는 것이니
몸만 있으면 써도 남음이 있다.

군자가 되고 소인이 되는 것은
부모에게 달려있는 것이 아니란다.
너는 보지 못했느냐?

농사짓던 사람이 공경재상이 되고
삼공 후손들이 헐벗고 굶주리는 것을.
때는 가을이라 장마 그치고
등불을 더 가까이 할 수 있는 계절
책을 펼쳐 독서할 만하다.
너를 염려하는 맘으로 이 글을 보낸다.

만약 한유가 아들에게 무조건 "공부 열심히 해!"라고 말했다면 아들은 '또 꼰대 같은 소리 하시네!' 하며 편지를 구겼을지도 모릅니다. 그러나 '두 집에서 각각 아들을 낳았다 치자"라는 문장으로 스토리를 시작합니다.

그 두 아들이 배우고 배우지 않은 상태에서 서로 다른 길을 간다는 이야기지요. **이야기를 듣다 보면** '아이쿠, 나도 못난 사람이 되면 안 되겠구나. 열심히 공부해야지.' 하는 마음을 **자기도 모르게** 갖게 됩니다.

이게 바로 **스토리텔링의 힘**입니다. 스토리

텔링은 설교보다 더 설득력 있고 매보다 더 무서운 것이지요.

글쓰기 연습

자녀나 손주에게 남길
'권학문'을 써보세요

단, 스토리텔링 기법으로 이야기에 담아 써야 합니다.

스토리텔링으로 글쓰기 3

스토리텔링 기법은 결국 **이야기를 꾸며 내는 능력**입니다. 매사추세츠 대학 영문학과 교수, 피터 엘보(Peter Elbow)는 『힘 있는 글쓰기』라는 책에서 창의적인 글쓰기를 하려면 **"거짓말을 하라"**고 부추깁니다.

생각해낼 수 있는 온갖 기이하고 괴상한 것들을 재빠르게 써라.……거짓말을 최대한 빨리, 최대한 많이 쓰다 보면 자신의 무의식을 엿볼 수 있다. 주제와 연

관된, 중요한 선입견과 가정을 발견할
것이다. 물론 상당수는 주제와 무관하겠
지만 그것들을 더 잘 인식할수록 주제
를 좀 더 잘 다룰 수 있다. 이렇게 쓴 헛
소리를 다시 훑어보라. 아무 결론도 끌
어내지 못하더라도 괜찮다. 머리를 혼란
스럽게 하거나 생각 전개를 막고 있던
마음속의 안개를 걷어내는 데는 분명히
도움이 된다. 그러면 새로운 활력을 느
낄 것이다.

　거짓말은 나쁜 것입니다. 작가들은 자기
들이 하는 거짓말을 허구(虛構), 또는 픽션
(fiction)이란 말로 부르지요. 허구, 픽션이란
'실제로는 없는 일을 꾸며내는 것'을 뜻합니
다. 작가들은 어떻게 허구의 세계를 만들어 낼
까요? 거대한 픽션도 실은 아주 하찮은 질문
에서 시작합니다. '만약 ~라면?'이라는 가정이

그 출발이지요.

청소년 소설 『리버 보이(River Boy)』를 쓴 영국의 소설가 팀 보울러(Tim Bowler)는 어느 날 아내가 사 온 그림 한 장을 들여다봅니다. 강이 그려져 있는 그림이었지요. "저 강 옆으로 소년이 달려간다면? 그 소년이 소녀를 만난다면? 소녀에게 죽어가는 할아버지가 있다면?" 이런 질문들을 툭툭 던지다 결국 한 편의 아름다운 소설이 탄생하게 된 것입니다. 『리버 보이』는 2007년 『해리포터』를 제치고 최고의 청소년 문학에 주어지는 카네기 메달을 수상했습니다.

세상의 모든 위대한 작가들은 이렇게 **현실 부정과 가설(假說)이라는 토대** 위에 하나하나 창조의 건물을 지어 나가는 것입니다. 여러분도 질문을 던져 보십시오.

"만약 내가 그 때로 돌아간다면?"
"만약 내가 그 사람이라면?"

"만약 내가 신이라면?"
"남자가 여자고 여자가 남자라면?"

그 질문이 꼬리에 꼬리를 물도록 만들고 거기에서 **커다란 허구의 물결**을 흐르게 해보십시오. 거짓말도 쥐꼬리만 하면 시시한 속임수가 되지만 통이 커지면 위대한 창작이 됩니다.

글쓰기 연습

내 인생 최대의 거짓말

잘 생각나지 않는다면 '만약 내가 ~라면'이라는 가정 하에 최대의 거짓말을 지어보세요.

그래야만 하고
그럴 듯해야 하고

다음의 글을 먼저 읽어보세요.

성북동에서 유년기와 10대를 보냈다. (중략) 굉장한 맛집이나 반겨주는 사람이 있는 것은 아니었지만 성북동 길을 걷다 보면 머릿속이 담백해졌다. 걷는 도중 만나는 맘에 드는 장면들은 카메라에 담았다. 이 재미 또한 컸다.

　여느 때와 마찬가지로 마감을 끝낸 후 성북동 길을 걷고 있었다. 건너편에서 아이 둘을 학원 차 타는 곳까지 배웅하고 있는 남자가 보였다. 고등학교 시절 꽤 친하게 지냈던 '황훈'이 분명했다. 나이가 마흔이라 약간의 주름과 나잇살로 얼굴이 많이 변해 있었지만 한눈에 알아볼 수 있었다.

훈이도 나를 알아봤을까?……아는 척하기가 내심 귀찮았다. 일에 시달려 긴장감 속에서 지냈던 터라 좀 자유롭고 싶었다.

"현수야!" 건너편에서 훈이가 부르는 소리가 들렸다. 난 인사만 하고 자리를 뜰 심산으로 애써 반가운 표정을 지으며 길을 건너갔다. 방금 학원버스에 태워 보낸 아이들이 자신의 자녀들이라고 이야기하고선 [1] 대뜸 "우리 집에 가자!"며 날 집으로 끌고 갔다. 일이 있어서 가봐야 한다고 했지만 소용없었다.

"야! 오랜만에 만났는데 어딜 간다고 그래! 나 금방 샤워할 테니까, 우리 집에서 기다려! 한잔 하자!"

20년도 더 지난 친구를 스스럼없이 집으로 데리고 갈 수 있다는 게 나에겐 당황스러움으로 다가왔다.

[2] 우리는 동네 호프집으로 자리를 옮겼고 이야기를 나누었다. 귀찮았던 마음이 사라지며 친했던 친구들의 안부가 궁금했다. 그중 제일 친하게 지냈던 친구 '호영'이의 안부가 특히 궁금해졌다.

"아! 호영이! 일본에서 오래 일하다가 얼마 전에 한국에 왔어." (이하 생략)

글쓰기 교실 수강생이 쓴 글입니다. 어린 시절 추억이 서려 있는 성북동을 방문해서 고교 동창을 만나는 장면을 써 놨죠. 친구 훈이가 글쓴이를 보고 "우리 집에 가자"고 합니다. 더

구나 "금방 샤워할 테니까 기다려([1])"라고 말합니다. 여기까지 읽었을 때 저는 이런 생각이 들었습니다. '이 두 사람은 동성애자인가? **왜** 오랜만에 만난 친구에게 샤워할 테니 집에 가서 기다리라고 하는 것일까?'

그런데 다음 문장에는 호프집으로 옮겨 이야기를 나누는 모습([2])이 나옵니다. 그래 놓고선 친구가 **왜** 자기 집으로 가자고 했는지, **왜** 샤워할 동안 기다리라고 했는지에 대한 설명은 하지 않습니다. 이 글 다음에는 호영이에 대한 추억과 자기 자신의 옛 모습을 발견했다는 이야기가 나옵니다.

글을 쓸 때는 두 가지를 염두에 두어야 합니다. 첫째는 **필연성**이고 둘째는 **개연성**입니다. 필연성이란 반드시 그렇게 될 수밖에 없는 요소가 있다는 뜻입니다. 어떤 사건이 발생할 수밖에 없는 이유가 분명히 있어야 합니다. 개연성이란 그럴 듯한 요소가 있다는 뜻입니다. **독자가 납득하고 수긍할만한 이유**가 있어야 합니다.

글에서 "집으로 가자"라고 했으면 반드시 집으로 가야하는 이유가 있거나, 집으로 가는 게 그럴 듯해야 합니다. 이 글은 두 가지 다 만족스럽지 못한 글입니다. '집으로 가자'는 말을 아예 빼거나, 호프집이 아니라 집에 가서 이야기를 나누었다고 써야 했습니다. 독자가 갸우뚱하지 않게 글을 쓸 때는 필연성과 개연성을 늘 염두에 두어야 합니다.

오늘 있었던 일을 공개 일기로 써보세요

하루 중 있었던 일을 충실히 묘사하되 필연성과 개연성을 갖춘 글을 써야 합니다.

스스로에게 쓰는 편지

『Dear me』라는 책이 있습니다. 조앤 롤링, 앨튼 존, 데스몬드 투투 같은 **세계적인 명사들이 만 16세 청소년 시기의 자신에게 주는 글**을 모은 것입니다. 이미 성공적인 삶을 살고 있는 유명인들이니 청소년기에 고민하는 자신이 얼마나 안쓰럽고 동시에 한심해 보였겠습니까?

농구 선수가 될까 고민하는 자신에게 "넌 평생 170(㎝)이 안 돼. 그러니까 농구 선수의 꿈은 접어."라고 말하거나 "2차 대전이 네게서 많은 것을 빼앗아 갈 거다. 하지만 곧 만나게 될 남편은 네게서 전쟁보다 더 많은 것을 앗아가니 각오하렴.” 하고 충고합니다. 엠마 톰슨은 청소년기의 자신에게 “넌 평생 50㎏이 넘지 않으니 지금하고 있는 살인적인 다이어트를 중지해!”라고 말합니다.

영국, 미국, 호주 등을 대표하는 예술가, 기업가, 종교인 들은 대부분 이렇게 말합니다. 다른 사람이 뭐라 하든 신경 쓰지 말라고. 너는 너의 길을 가라고. 너는 결국 너의 본성을 따라 네가 하고 싶은 일을 할 것이고 네가 되고 싶은 사람이 될 거라고.

청소년기에는 왜 그렇게 어렵고 가난하고 힘들기만 했는지. 저 역시 지금 생각해 보니 만 16세인 1982년에 꽤 괴로운 나날을 보내고 있었던 것 같습니다. 『Dear Me』라는 책을 본 따 **청소년기의 저 스스로에게 편지를** 써보겠습니다.

하이, 로진!

많이 힘들지? 아빠 사업이 부도나서 집과 재산을 모두 처분하고 독산동의 좁은 연립으로 막 이사를 갔잖니? 엄마는 일당이라도 버시겠다고 식당을 전전하셨고. 누나는 고3, 너는 고2, 동생은 중3……. 누나는 대학을 포기했고 동생 녀석 역시 자포자기고 네 성적은 나날이 떨어지기만 했지.

아빠 심정은 어떠셨을까? 돈벌이를 하기 위해 하루 종일 돌아다니셨지만 신통치 않았지. 한 때 동료였던 사람이 운영하는 공장에 가서 막일을 하고 귀가하셨는데 너는 철없이 동생과 집안을 어지럽히고 놀고 있었어. 그때 아빠가 생전 처음으로 혼을 내셨지. "철 좀 들라”고. 그렇게 넌 철이 없었어.

아빠가 되고 나니 이제야 그분의 심정
이 느껴진다. 처자식을 먹여 살린다는
것은 치열하고 지긋지긋한 업보잖아. 언
젠가 아빠의 귀가가 늦어 집 앞으로 배
웅을 나갔을 때, 아빠는 술을 한잔 걸치
셨는지 불콰한 얼굴로 연립주택 입구
계단에 앉아 담배를 피우고 계셨지. 너
는 그때 봤어. 아빠의 눈물 한 방울이 오
른쪽 눈에서 툭하고 떨어지는 것을. 아,
얼마나 불안하고 얼마나 외로우셨을
까? 그때 왜 너는 그냥 집으로 들어왔
니? 다가가서 아빠를 안아드리지 못하
고……

며칠 뒤, 아빠는 짐을 나르다 허리를 다
치셨지. 일주일인가 누워 계셨어. 그렇

게 끙끙 앓으며 파스를 붙이고 견디셨
는데, 왜 너는 약이라도 지어다 드리지
않았니? 왜 너는 '아빠가 아프신가 보
다' 하고 말았니? 아빠의 허리를 뜨거운
물수건으로 찜질해 드리고 "어서 나으
세요." 하고 따뜻한 말 한 마디 건네지
않았니? 봐라. 이제 아빠는 돌아가시고
이야기를 나누고 싶어도 할 수가 없잖
니.

로진! 당장 아빠에게 사랑한다고 말하
렴. 그리고 두 손을 벌려 포옹해 드리렴.
물론 엄마에게도. 두 분 모두 너를 위해
너의 형제를 위해 오늘도 엄청 애쓰고
계시니까.

청년기의 나에게 보내는 편지

"안녕, 아무개야!" 식의 제목으로 스스로에게 보내는 편지를 쓰는 겁니다. 제가 앞에서 한 것처럼요.

연애하는 마음으로

사랑하는 사람이여, 오소서.
봄의 정원으로.
이곳에 꽃과 촛불과 와인이 있나이다.
그대가 없다면
꽃과 음악과 와인이 무슨 소용이겠습니까?
그대가 있다면
꽃과 음악과 와인이
또 무슨 소용이겠습니까?
– 잘라루딘 루미
(Jalaludin Rumi, 1207~1273)

페르시아 제국의 시인 루미가 남긴 '**봄의 정원으로**'라는 시입니다. 저는 이보다 더 멋진 연애시를 알지 못합니다. 애인이 없다면 모든 것이 무의미합니다. 애인이 함께 한다면 역시 모든 것이 무의미합니다. 사랑하는 사람이 그에게는 모든 것이기 때문입니다.

시는 청년의 문학이라는 말이 있습니다. 청년 시절에는 사랑에 쉽게 빠지기 때문입니다. 그러나 이제 사랑에 나이도 국경도 없는 시대가 됐습니다. 김남조 시인이 2014년 월간 『문학사상』 9월호에 발표한 신작시를 보십시오.

사람의 보물은
사랑이란다면
영혼에 전류 오는 참사랑이란다면
누설하지 마라
발각되지 마라

시의 제목은 「완전범죄」입니다. **이 시를 발표했을 때 김남조 시인의 나이는 만 87세였습니다.** 자, 아직 87세 안 되신 분들. 김남조 시인의 감수성에 감탄만 하지 말고 꺼져가는 불씨를 다시 살려봅시다. 사랑은 범죄이니 완전범죄를 꿈꾸시길 바랍니다. 오래 지켜 일편단심인 사랑도 아름답습니다. 그러나 그것도 범죄입니다. 당신을 사랑할 뻔했던 다른 연인들에 대한 범죄!

폴란드의 시인이자 노벨문학상 수상자인 비스와바 쉼보르스카(Wistawa Szymborska, 1923~2012)는 다음과 같이 말하며 탄식했습니다.

너를 향한 애타는 내 감정이 쓸모없게 되는 것은 너와 나, 둘만의 문제가 아니라 이 세상에서 하나의 '사랑'이 줄어드는 것이다.

그러니 **사랑해도 죄인, 사랑하지 않아도 죄인**이지요. 오늘 죄인인 자는 모두 모여 지난 날을 참회하는 연애시를 쓰시기 바랍니다.

글쓰기 연습

연애시

내 인생에서 가장 뜨겁게 사랑했던 사람을 생각하며 연애시를 써 볼 것. 시를 쓴 페이지는 쓰고 나서 바로 찢어 태워 버릴 것.

다른 예술에서
영감을 구하라

글이 써지지 않을 때 대부분의 작가는 **술에 의존**합니다. 미국 소설가 레이먼드 카버(Raymond Carver, 1938~1988)는 이렇게 말했습니다.

> 내 인생, 내 글, 내 아내와 아이들을 위해서 바랐던 소망들은 이루어질 수 없을 것이라는 확신이 들자, 나는 더욱 미친 듯이 술을 퍼마셔댔다.

『글쓰기의 기쁨』을 쓴 롤프 에시히에 따르면, 유진 오닐, 윌리엄 포크너, 스콧 피츠제럴드, 잭 런던, 조르즈 시므농 등 알코올 중독자 작가의 이름을 나열하려면 몇 페이지가 넘을 것이라고 합니다.

술보다는 다른 예술에서 영감을 얻는 게 더 좋지 않을까요? 미국의 편집자 제이슨 르클락(Jason Rekulak)에 따르면, 어니스트 헤밍웨이(Ernest Hemingway, 1899~1961)는 화가를 통해 영감을 얻었던 작가였습니다. 그는 고흐, 고갱, 브뤼겔을 그의 문학적 선조라고 일컬었다고 합니다. "나는 작가들에게 배우는 것만큼 화가들에게 배운다"고 했다지요.

화가인 마티스를 소재로 소설을 쓴 영국 소설가 A.S 바이어트(Antonia Susan Byatt, 1936~)는 이렇게 말했답니다.

나는 마티스에 완전히 빠져 있으며 무

슨 일을 하든 마티스와 연관지어 생각
한다. 예술이 왜 중요한지 그를 통해 알
게 됐다. 그는 내 예술의 출발점이다. 다
른 어떤 것으로도 예술을 대신할 수 없
다는 생각- 그 타협할 수 없는 순수한
정신 상태를 그로 인해 깨닫게 됐다.
– 『아이디어 블록』

음악을 통해 글쓰기의 영감을 얻는 작가들
도 많습니다.

앤 색스톤(Anne Sexton, 1928~1974)은
빌라 로보스의 '브라질 풍 바하'를 들으
면서 수많은 시를 썼다고 한다. 『파리
리뷰』와 인터뷰 하면서 '이 곡은 내게
노래 마법사와 같다'고 했다.
도로시 앨리슨(Dorothy Allison, 1949~)
은 「돈 크라이 마미」를 쓰면서 복음성

가를 듣곤 했다. 나중에 「동굴 생활자
(Cavedweller)」를 쓸 때는 록큰롤 음악
으로 바꿨지만. 그녀는 한 인터뷰에서
"똑같은 음악을 수도 없이 들으면서, 작
중 인물을 내 마음 속에 각인시킨다"고
말했다.
닉 혼비(Nick Hornby, 1957~)는 글을 쓸
때 주로 록 음악을 듣는다. 두 번째 소설
인 『어바웃 어 보이』를 쓸 때 그는 너바
나와 R.E.M의 시디를 잔뜩 쌓아놓고 틀
어댔다.
– 『아이디어 블록』

이탈리아 작가 가브리엘레 다눈치오
(Gabriele D'Annunzio, 1963~1938)는 작업실
에 강렬한 색채의 그림을 걸어 놓고 집필을 했
습니다. 독일의 국민 시인이자 극작가인 프리
드리히 실러(Friedrich Schiller, 1759~1805)는

『빌헬름 텔』을 쓸 때 스위스 지도와 풍경 그림을 걸어 놓았다지요.

1993년 노벨문학상 수상자인 미국 작가 토니 모리슨(Toni Morrison, 1931~)은 "어떤 상태에서 자신이 가장 창조적인 상태가 되는지 알아야 한다. 음악이 있어야 더 좋은지, 조용한 상태가 더 좋은지."라고 말했습니다. **저는 백건우 씨가 연주하는 베토벤 피아노 소나타를 틀어 놓고 글을 쓰곤 합니다.** 그럴 때 창의적인 아이디어가 마구 솟아오르곤 하거든요. 여러분은 어떻습니까? 미술, 음악, 술 중에서 어떤 것이 여러분에게 영감을 주나요? 가끔 미술관이나 공연장을 찾아 예술의 여신 뮤즈의 선물을 받아 보는 건 어떨까요?

나의 문화예술 답사기

미술관, 박물관 혹은 음악 공연장을 다녀와서 감상문을 쓰시오. 늘 그렇듯 참신하고 재미있게.

글쓰기에서 책 쓰기로

책을 좋아하는 사람은 한 번쯤 이런 생각을 하게 됩니다.

'나도 책을 써 볼까?'

그러다가 바로 머리를 흔들며 이렇게 자책하지요.

'내 주제에 책은 무슨…….'

글쓰기를 꾸준히 해나가다 보면 원고가 쌓이고 그 원고를 다듬고 고치다 보면 책 한 권이 되는 것입니다.

현대는 지식 정보 사회입니다. 누구나 쉽게 지식을 접하고 누구나 원하는 대로 정보를 얻을 수 있습니다. 우리 사회의 학력도 상향평준화 되어 있습니다. 더구나 현재 **인생의 황금기이자 황혼기**를 살고 있는 대한민국 독자 여러분의 삶은 그 자체가 한 권 이상의 책입니다. 전쟁과 혁명과 독재, 근대화와 산업화와 민주화를 모두 겪지 않았습니까?

열심히 일하고, 열심히 사랑하고, 열심히 살아오지 않았습니까? 어떤 분은 월남에서, 어떤 분은 사우디에서, 또 세계 각국을 돌아다니며 오늘날의 한국을 만드셨습니다. 그 와중에 사고를 당하기도 하고 위기를 겪기도 했지만 여러분은 그 모든 고난과 고통을 이기고 지금 생존해 있는 것입니다.

저의 부모님 세대, 형님 누님 세대인 여러분에게 머리 숙여 진심으로 감사드립니다. 이제 생의 뒤안길에서 각자의 삶을 정리하면서 책을 한 권 써보시라고 감히 권해 드리고 싶습니다. **한 분 한 분의 인생이 모두 우주요, 역사입니다.** 그 누구의 일생도 하찮거나 시시하지 않습니다.

책 한 권을 쓰기 위해서는 일단 내 인생을 대표할 수 있는 주제를 정해야 합니다. 그것은 청년 시절의 사랑일수도 있고 장년기의 회사 생활일 수도 있고 현재의 내 모습일 수도 있습니다.

조용한 시간을 택해 여러분만이 쓸 수 있는 **인생의 주제**를 정해보시면 어떨까요?

내가 책을 낸다면 제목을 뭐라고 할까?

책 제목에서 내 인생을 대표할 수 있는 주제를 나타내야 합니다.

나이 롱 글쓰기

: 글 쓰는 노년의 시간은 거꾸로 흐른다

초판 1쇄 발행 / 2016년 06월 24일

지은이 / 명로진
브랜드 / 각광

펴낸이 / 김일희
펴낸곳 / 스포트라잇북
제2014-000086호 (2013년 12월 05일)

주소 / 서울특별시 영등포구 도림로 464, 1-1201 (우)07296
전화 / 070-4202-9369   팩스 / 02-6442-9369
이메일 / spotlightbook@gmail.com
주문처 / 신한전문서적 (T)031-919-9851, (F)031-919-9852

책값은 뒤표지에 있습니다.
잘못된 책은 구입한 곳에서 바꾸어 드립니다.

Copyright (C) 명로진, 2016, Printed in Korea.
저작권법에 의해 보호 받는 저작물이므로
무단전재와 복제를 금합니다.

ISBN 979-11-87431-00-8 03800

은 스포트라잇북의
실용 비소설 브랜드입니다.

투고하지 마세요
기획부터 하세요

주목받는 책,
각광받는 책의
저자가 되시렵니까?

힘들게 원고를 만들어
투고하실 필요는 없습니다.

글 쓰는 능력보다 경험과
노하우가 더 중요합니다.

아이디어가 있다면 기획부터
출판사와 함께하세요.

저자가 되고 싶다면

어떤 책을 내고 싶은지
간단히 메일만 보내주세요.

never2go@naver.com